눈으로 보는
광고천재

눈으로 보는 광고천재 9

킹묵 현대 판타지 소설

초판 1쇄 찍은 날 § 2021년 6월 25일
초판 1쇄 펴낸 날 § 2021년 7월 2일

지은이 § 킹묵
펴낸이 § 서경석

총괄팀장 § 노종아
편집책임 § 박현성
디자인 § 스튜디오 이너스

펴낸곳 § 도서출판 청어람
등록번호 § 제387-1999-000006호
등록일자 § 1999. 5. 31
어람번호 § 제1-3143호

주소 § 경기도 부천시 부일로 483번길 40 서경B/D 3F (우) 14640
전화 § 032-656-4452 팩스 § 032-656-4453
http://www.chungeoram.com
E-mail § chungeorambook@daum.net

ISBN 979-11-04-92357-9 04810
ISBN 979-11-04-92281-7 (세트)

킹묵 현대 판타지 소설

도서출판 청어람

눈으로 보는 광고천재 9

ODERN FANTASTIC STORY

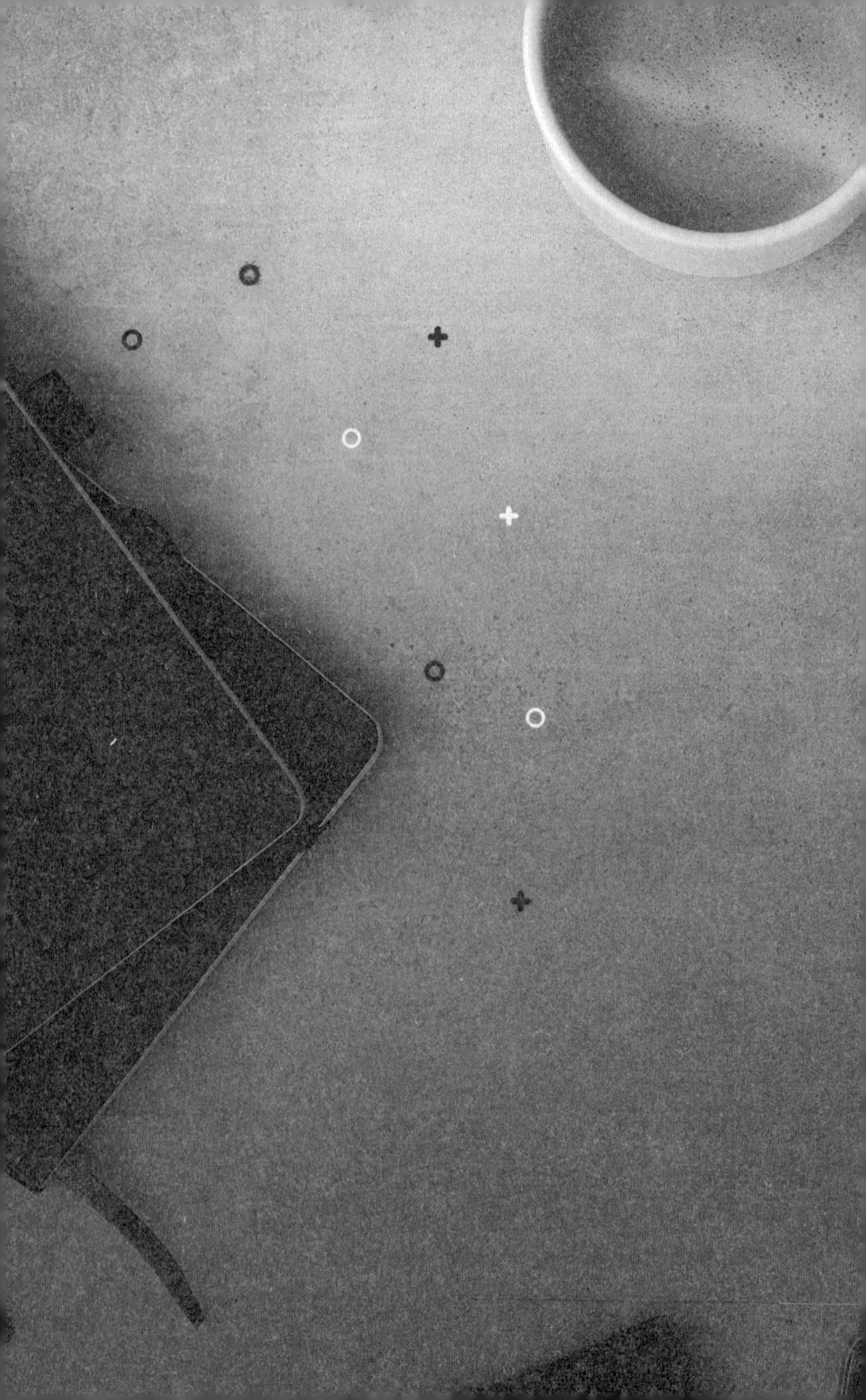

목차

제1장

DIO II

TX의 광고를 본 팀원들 모두가 약간 당황한 표정이었다. 특히 그동안 한겸과 함께 광고를 만들었던 범찬과 수정은 충격을 받은 것처럼 보였다.

“이런 실력이 있는데 왜 그렇게 비열한 짓거리만 했던 거야? 이해할 수가 없네.”
“겸쓰! 이거 네가 만져서 이렇게 나온 거지? 원래는 이 정도 아니지?”

한겸은 그런 팀원들을 보며 피식 웃고는 입을 열었다.

“TX가 우리나라 광고업계 2위에 랭크되어 있는데 이 정도는 당연한 거겠지.”

“진짜 너무 좋은데?”

“전체는 이 정도는 아니고 각 광고에서 가장 좋은 부분만 골라서 합친 거야.”

“여기 마지막에 들어가는 장면이 어중간하면 앞에 좋은 장면들도 무너져 버리겠네. 이거 피똥 싸겠는데?”

“왜, 못 하겠어?”

“왜 못 해! 돈이 얼만데. 피똥을 싸더라도 해야지.”

한겸은 피식 웃고는 광고에 대해 설명했다.

“음악은 각 영상마다 달라서 아마 음악도 새로 만들어야 할 거야. 그리고 내가 연결선은 생각을 해봤어. 한번 들어보고 적용할 건지 판단해.”

“각 장면 연결하는 거?”

“응, 일단 배열은 내가 작업한 그대로 하는 게 좋을 거 같아. 화이트부터 시작해서 화면으로 눈이 튀잖아. 그 눈을 좀 더 화면에 많이 튀어 보이게 하고, 다음 장면은 곧바로 안개꽃이 나오게 하는 거야. 눈과 안개꽃을 자연스럽게 연결하는 거지.”

“그럼 추가 촬영 해야 되겠네.”

“그렇겠지? 그리고 안개꽃을 든 모델이 꽃을 하늘로 던질 거야. 그러면 앵글은 하늘을 잡고 곧바로 바다 신으로 넘어가는 거지.”

"얘네 죄다 아이돌인데 스케줄 될까?"
"나도 모르지. 그건 이제 알아봐야지."
"아… 겸쓰 네가 그런 놈이란 걸 내가 잠시 잊고 있었네. 넌 지금 되는지 아닌지 확인도 안 하고 말만 하는 거고! 우리가 다 알아봐야 되고!"
"같이 알아보는 거지. 그리고 마지막은 TX에 시나리오를 달라고 해서 어울리는 장면을 찾든지, 아니면 우리가 기획을 새로 짜든지 하면 될 거 같아."
"말만 들으면 엄청 쉽네."

한겸은 피식 웃고는 말을 이었다.

"가장 중요한 건 연결 신이야. 하나로 보이다가도 온라인과 모바일에서는 각각으로 분할될 수 있게. 그래야지 DIO에서 원하는 색상별 대결 구도도 유지할 수 있고. 그리고 이미지광고는 따로 없어도 될 것 같아."
"모바일 하려면 배너광고도 해야 되는데 그럼 이미지가 있어야지. 계약서에 뭐라고 적혀 있었어? 영상은 4개고, 지면은 몇 개인데?"
"지면은 따로 없었어. TV용 영상 4개에 모바일, 온라인용 따로 제작이라고 했어. 그래서 새로 찍기보다 광고에 나온 장면을 따와서 하는 게 나을 거 같더라고. 각 장면들을 4등분 해서 배너 해도 될 것 같아."
"돈 받고 하는데 그렇게 해도 돼?"

"좋은 게 있는데 뭐 어때. 제작비야 TX에 지급하면 되는 거고, DIO도 홍보만 제대로 되면 좋아하겠지. 그리고 애초에 기획이 컬러별로 대결 구도를 잡는 거잖아. 그걸 이어나가는 것도 괜찮을 거 같아."

한겸을 설명을 듣던 신입 팀원들은 어리둥절한 표정을 지으며 자신들끼리 속닥거렸다.

"김 프로님은 사전에 정보가 있었을까요?"
"얘기를 들으면 아닌 거 같은데요……."
"아까 우리한테 보여준 광고도 그 자리에서 조합한 거라고 했잖아요. 괜히… 다들 김 프로님, 김 프로님 그러는 게 아니네요. 뭐 바꿀 필요도 없이 그대로 진행해도 될 거 같은데요?"

그동안은 한겸이 사무실에서 영상만 보는 통에 어떤 역할을 하는지 정확히 알지 못했는데, 이번 일로 어떤 사람인지 제대로 알게 되었다. 팀원들은 혀를 내두르며 한겸의 입에 집중했다. 한겸은 그 뒤로도 광고에 대해서 한참을 설명했다.

"질문 있어?"

그러자 수정이 걱정된다는 표정으로 말했다.

“기획은 네 말대로 진행하면 될 것 같아. 그런데 TX가 제작한 광고가 주가 되는 게 걸려. TX에서 제대로 따라오려고 할까?”

“그건 DIO에서 해결할 거라서 걱정하지 않아도 될 거야. 우리는 DIO가 TX와 조율을 한 다음에 맡을 거니까.”

“그럼 확실히 DIO 대리인으로 생각하겠네.”

“그리고 TX도 죽기 살기로 해야 돼. 그래야지 아직 남아 있는 두립 광고도 지속될 테니까. 아마 웬만한 건 고개 숙이고 들어올 거야.”

“아! 남아 있는 광고들이 있었구나!”

“DIO 부사장 지금 기다리고 있어서 내려가야 돼. 의견들 좀 말해줘. 해볼래?”

수정과 종훈은 고개를 끄덕거렸고, 그 모습을 본 신입 팀원들도 따라서 고개를 끄덕거렸다. 한겸은 아직 대답을 하지 않은 범찬을 봤다.

“넌 왜 대답 안 하고 불안하게 웃고 있냐?”

“흐흐, 기대된다.”

“뭐가?”

“TX 부려먹을 생각하니까 벌써부터 가슴이 콩닥거려!”

한겸은 어이가 없다는 듯 고개를 젓고는 입을 열었다.

"그럼 연결 장면부터 작업해."

"지금? 네가 지금 작업한 걸로 보여주려고 한 거 아니야?"

"이건 설명하려고 만든 거고. 우리도 제대로 된 작업물을 보여줘야지 DIO에서도 이해를 할 거 아니야."

"아… 쉽게 넘어갈 리가 없지."

"DIO도 시간 없으니까 최대한 빨리 해야 될 거야. 완벽하진 않더라도 자연스럽게 넘어가는 모습은 보이게 만들어봐. 그럼 나 내려간다."

"야! 언제까지!"

"최대한 빨리 해야지. 오늘 밤 아니면 내일 아침?"

한겸은 다시 사무실을 나가 버렸고, 남아 있던 팀원들은 시계를 쳐다봤다.

"어우 씨, 퇴근 제대로 하려면 빡세게 해야겠네. 빨리 나눠서 하자! 오늘 집에 가고 싶으면 빨리 나눠!"

* * *

다음 날. DIO의 부사장은 모바일 커뮤니케이션, 일명 MC사업본부의 임직원들을 불러 모았다. 그러고는 C AD에서 있었던 미팅에 대해 얘기를 했고, 직원들의 의견을 물었다.

"TX와의 연결 고리를 하겠다는 거군요. 만약의 경우에도 대비할 수 있고요. 자처해서 방패막이를 한다는데 저희는 거절할 이유가 없을 것 같습니다."

"TX와 불미스러운 일이 있었는데 계속 함께하는 건 조심스럽습니다. 이번 일로 저희의 이미지가 상당히 많이 떨어진 상태인데 TX를 꼭 끼워야 할까요? C AD에서 TX 없이 어렵다고 하는 점도 의문스럽습니다. 커미션이 오갔을 수도 있고요."

"맞습니다. C AD가 방패 역할을 제대로 할 수 있을지도 의문스럽고요. 지금 TX에서 갑질 문제가 터져서 저희와의 일이 잠잠해졌지만 또 연결이 되는 순간 수면 위로 떠오르는 건 시간문제입니다. 일부러 접점을 만들 필요는 없어 보입니다. 시대가 시대인 만큼 대중들에게 제대로 해결했다는 걸 보여주어야 합니다."

부사장은 직원들의 의견을 가만히 듣고 있었다. TX와의 이면계약에 관련된 사람들이 전부 다른 부서로 옮겨 가거나 회사를 그만둔 상태이다 보니, TX와 관계가 지속되는 걸 반대하는 의견들이 많았다. 한참이나 듣고 있던 부사장은 직원들의 의견이 조금 잦아들자 마케팅 팀장을 쳐다봤다. 그러자 마케팅 팀장이 고개를 끄덕거렸고, 부사장은 직원들에게 말했다.

"C AD에서 영상을 보기 전까지는 저도 여러분과 같은 생각이었습니다. 그런데 영상을 보고 생각이 바뀌게 되었습니다. C AD에서 영상을 보냈다고 하는데 일단 보고 판단해 보시죠."

마케팅 팀장이 직접 영상을 재생하자, 회의실에 있던 화면에 광고가 나오기 시작했다. 스키를 타고 내려오는 모습을 휴대폰으로 촬영한 것처럼 보이는 장면이 나왔다. 이내 화면에 눈이 한가득 튀겼고 동시에 눈이 떨어져 내려가는 것처럼 보이더니 안개꽃으로 변했다. 부사장도 샘플 영상만 보았지 작업한 영상은 처음 본 터라 집중해서 살폈다. 그리고 마지막 바닷속에 있는 모델을 마지막으로 영상이 끝났다.

"어떠십니까? 각자가 느낀 점이 궁금하군요."
"후, 각 영상에서 좋은 장면만 추려서 짜깁기한 느낌이 아니네요."
"맞습니다. 처음부터 원래 이랬던 것처럼 보입니다."
"DIO80이 자랑하는 초고화질을 잘 담았네요."
"이렇게 하니 튼튼한 점도 더 잘 느껴지는 거 같습니다. 일상생활은 물론이고 레저에서도 걱정 없이 사용할 수 있는 그런 느낌이네요."
"최신 트렌드에도 잘 어울리네요. 휴대폰을 전면에 내세우기보다 사용자에게 집중한 그런 광고네요. 그리고 그… TX 때문에 하게 된 경쟁 구도도 계속 유지할 수 있을 거 같고요. 그런데 TX를 계속 껴야 한다는 건 아직도 좀……."

다들 광고를 보는 순간 욕심이 나긴 하는데 TX와의 관계를 유지하는 게 꺼려지다 보니 혼란스러워했다. 회의에 참석한 모든 사람이 쉽게 판단을 하지 못할 만큼 광고가 마음에 들었다. 완성도 안 된 상태가 이 정도인데 완성되면 자신들이 예상했던 점유율을 이룰 수 있을 것 같았다. 그때, 부사장이 웃으며 입을 열었다.

"시간이 없으니까 판단하기 좀 더 쉽게 도와 드리겠습니다. 권 팀장님, C AD 홈페이지 좀 부탁드립니다."

직원들은 부사장의 갑작스러운 말에 의아해하며 화면을 봤다. 그리고 화면에 C AD의 홈페이지가 뜬 순간 직원들은 헛웃음을 뱉었다.

"외부감사? 이걸 공개한 겁니까?"
"일부 감사도 아니고 전부 감사네요."

회계에 대해서 조금이라도 아는 사람은 화면을 보며 놀란 표정을 지었다. 감사 내용을 이렇게 메인에 적나라하게 공개하는 건 듣도 보도 못했다. 아는 직원들은 옆에 있는 직원들에게 저게 얼마나 대단한 일인지 설명했다. 그 때문에 회의실이 잠시 소란스러워졌다. 부사장은 웃으며 잠시 회의실 분위기를 정리했다.

"그만큼 회사가 투명하다는 말이죠. 물론 규모가 크지 않아서 가능한 걸 수도 있습니다. 그래도 저는 지금 이면계약으로 고초를 겪는 우리와 굉장히 어울린다는 생각이 드는군요."

"맞습니다! 이러면 방패막이 역할을 제대로 할 수 있을 것 같습니다. 역시 C AD네요!"

시간이 없다 보니 광고 입찰공고를 내기보다는 하나의 광고 회사를 선택해야 한다는 의견이 주였고, 거의 모든 직원이 C AD를 추천했다. 다만 TX가 연결되어 있다는 점이 마음에 들지 않았는데, 그 부분까지 해결할 수 있는 것처럼 보이자 직원들은 더 이상 반대하지 않았다.

"C AD로 결정하기 전에 먼저 TX와 이 일을 깔끔하게 해결해야 합니다."

부사장은 한겸에게 들었던 말을 그대로 설명했고, 직원들은 세부적인 조율을 하기 위해 부사장의 말에 집중했다. 부사장의 설명이 끝나자 마케팅 팀장이 조심스럽게 손을 들었다.

"권 팀장님, 말씀하세요."

"조금 걱정이 되는 부분이 있습니다."

"어떤 부분이죠?"

"어제 C AD를 직접 보기도 했고, 감사 결과도 보고 나니까 회사 규모가 너무 작습니다."

"그런 규모로도 분트의 광고를 진행했고, HT 광고도 진행했으니 자격은 충분하다고 보이는데요."

"네, 자격은 충분합니다. 저는 C AD가 TX에게 휘둘리지 않을까, 그 부분이 걱정되네요. 광고 회사들하고 많이 만나보니, 덩치가 큰 곳이 작은 곳을 휘두르는 경우가 많이 있었습니다. 심지어는 흡수하는 경우도 있고요. 그 부분을 계약 조항에 반드시 넣어야 할 것 같습니다."

"음, 그 사람을 봐서는 절대 당하지 않을 사람처럼 보이는데요. TX도 일을 사서 만들진 않을 것 같고요."

"아! 그분은 저도 인정합니다. 다만 광고 일이 개인 혼자 하는 게 아니라서 걱정입니다."

"일리 있네요. 그 부분을 확실히 해야겠군요."

"그래서 저희 마케팅 팀이 C AD에 힘을 확실히 실어주는 건 어떨까 합니다."

부사장은 계속 설명해 보라는 듯 마케팅 팀장을 쳐다봤다. 그러자 마케팅 팀장은 자신 있다는 듯 입을 열었다.

"감사 결과를 좀 더 많은 사람들이 보게 만들면 될 것 같습니다."

가만히 생각하던 부사장은 이해했는지 피식 웃었다.

"우리 라인을 이용해 C AD를 홍보하겠다는 거군요."

"결과적으로 저희에게 도움이 되는 일이라고 판단했습니다. 지금 광고계에 대한 의심의 눈초리가 많은 상황이다 보니 확실히 먹힐 것 같습니다. 그리고 그다음에 우리 DIO의 광고를 C AD에서 맡았다는 홍보 기사를 내면 확실히 도움이 될 겁니다."

부사장은 만족스럽다는 듯 고개를 끄덕거렸다.

"진행하세요."

* * *

팀원들에게 DIO 일을 넘긴 한겸은 분트의 작업에 매진했고, 자신이 할 수 있는 일은 대부분 끝낸 상태였다. 이제 대만의 외주업체들과 연락을 해 순조롭게 작업이 진행되는지 확인해야 했기에 한겸은 1층 사무실로 향했다.

"웨이판에서 연락 왔나요?"
"네, 방금 전에 연락 왔습니다. 오늘 밤까지 각 영상 링크된다네요."
"후, 이제 거의 다 끝났네요."
"이번 일은 혼자 하시느라 힘드셨죠?"
"혼자 한 건 아니죠. 장 프로님도 그렇고 사무실 분들이 다 도와주셨잖아요. 그리고 이번에 같이했던 다른 회사들도 정말 열심히 해주셨고요."

"아! 진짜 다른 회사들이 진짜 고생했죠. 다들 왜 갑자기 HT 때하고 다르게 이리 힘드냐고 투정하고 그랬던 거 모르시죠?"

"그랬어요?"

"그럼요. 우리 일 하느라고 다른 일이 들어와도 못 하고 있다고, 김 프로님 말려달라고 그러더라고요. 아! 물론 우스갯소리입니다! 제작비를 바로바로 넣어주는데 다들 좋아하죠. 다들 C AD하고만 일하고 싶어 합니다."

"이번 일 끝나면 다들 찾아뵙고 감사하다고 해야겠어요."

한겸은 웃으며 사무실을 살폈다. 그런데 자세히 보니 직원들의 표정이 약간 이상했다. 사무실 분위기도 들어올 때는 몰랐는데 지금 보니 평소와 조금 다른 분위기였다. 다들 바쁜 와중에도 무엇 때문인지 긴장한 표정들이었다. 한겸은 고개를 갸웃거리며 장 프로에게 질문했다.

"그런데 사무실 분위기가 왜 이래요? DIO하고 계약에 무슨 문제 있어요?"

"아! 그건 아닙니다. 대표님께 연락이 왔는데 TX와 조율이 잘되고 있다고 들었습니다."

"그런데 왜 그래요?"

"아, 그게, 기사들 때문에 그런가 봅니다."

"기사요? 무슨 기사요?"

"아직 못 보셨어요?"

"저 분트 광고 작업하느라고 다른 건 못 봤어요."

"그게 오전부터 갑자기 광고계 전체에 대한 기사가 나오기 시작하더라고요. 어디서 시작된 건지 모르겠는데 광고계의 전반적인 문제에 대해서 칼럼도 나오고 기사도 나오네요."

한겸은 고개를 갸웃거리며 사무실을 둘러봤다.

"제가 전에 얘기드렸잖아요. 그런 문제가 생길 수 있으니까 내부감사를 하라고. 우리는 이미 내부감사 했는데 우리하고 상관없죠."

"김 프로님 덕분에 저희는 다행히 문제가 없죠. 김 프로님 말씀처럼 정말 광고계 전체에 문제점이 있다고 그러더라고요. 그런데 한 곳을 타깃으로 하는 게 아니라 광고계 전체를 지적해 버려서, 감사한 게 별다른 가치가 없어져 버린 것이 문제네요. 얼마 전 TX 때문에 시작된 거 같기도 하고요."

"그건 별로 걱정하지 않으셔도 될 거 같은데요. 감사한 내용으로 홍보를 하든지 기사 작성을 요청하면 해결될 거 같아요. 저희가 감사를 홍보 목적으로 한 게 아니라서 가만있었던 거지 방법이 없었던 건 아니잖아요."

"김 프로님 말씀 들으니까 마음이 조금 편해지네요. 안 그래도 전에 우리 C AD 기사 작성하셨던 분께 광고 기사 작성을 요청한 상태입니다."

"그럼 됐네요. 빠르면 빠를수록 좋겠네요."

"확인하고 기사 작성한 다음에 연락 주신다고 했습니다. 대표님이 확인하는 데 오래 걸리실 거 같아서 보고하기 전에 미리 움직였습니다."

한겸은 웃으며 고개를 끄덕거렸다.

"그런데 무슨 기사들인데요?"
"지금 나오는 기사들이 광고 회사들의 불투명한 수익 구조를 문제 삼고 있더라고요. TX에서 뒷돈 주고 이면계약 한 문제가 생긴 다음에 나온 기사라서 대중들은 관심 있게 보고 있고요. 이러다가 또 광고계가 위축될 수도 있는 상황이라서 다들 조금 걱정되는 모양입니다."
"그럴 수는 있겠네요. 대표님은 뭐라고 하세요?"
"오늘 곧바로 DIO에 가셔서 아직 아무런 말도 못 들었습니다."
"기사나 한번 보여주세요."

장 프로는 한겸에게 기사를 보여주었다. 기사를 가만히 읽던 한겸은 묘한 느낌을 받았다.

"다 돈 얘기네요."
"사람들이 돈 얘기만큼 민감해하는 게 없으니까요."
"그런데 광고 일을 잘 아는 사람이 제보를 했나 본데요?"
"저희도 그런 거 같더라고요. 대행사가 자선사업 하는 곳도 아니고, 일을 하고 대가를 받는 건 당연하잖아요. 대행료를 받는 건 당연한 건데 그걸 문제 삼고 있어요."

"그 부분이 이상해요. 대행료도 일부러 큰 액수만 얘기하고요. 광고의 성공 여부와 상관없이 몇십억을 대행료로 챙긴다고 하면 도둑놈처럼 보이긴 하겠어요. 거기에다가 왜 대행료를 15%에서 18%까지 받는지 알 수도 없고 그 내용도 불투명하게 처리된다고 하니까, 누가 봐도 뒷돈 챙기는 걸로 보이겠네요."

"사실 틀린 말도 아니긴 하죠. 진짜 우리만큼 투명하게 진행되는 곳도 없으니까요. 대부분 광고 회사들은 쉬운 일을 해도 내부에서 정해진 대로 대행료를 받아 가니 그 사용 내역이 불투명하긴 하죠. 그래도 저희는 감사받은 내용이 대부분 대행료 사용 내역이라서 타격은 없겠지만, 다른 회사들은 지금 속 좀 끓고 있을 겁니다. 대행료도 알고 보면 단발이 아니고 지속적으로 관리 기획을 하는 건데, 그걸 한 번에 받는 것처럼 기사를 내보냈어요."

"그 부분이 이상하다는 거예요. 기사 내용을 보면 광고계가 돌아가는 걸 잘 알고 있는데 저 부분을 모를 리가 없거든요."

장 프로도 이해가 된다는 듯 고개를 끄덕거렸다.

"그럼 다 알면서 자기들 기사 좀 뜨게 할 생각으로 이런 기사를 내보낸 건가요?"

"그럴 수도 있고요. 그런데 별로 도움은 안 될 텐데. 우리처럼 랩사 끼고 있는 대행사들이 저런 기사 내보낸 곳에 광고 안 붙이면 자기들도 손해인데 이상하네."

"그래서 메이저 뉴스에는 안 나오는 건가 본데요? 기자들이 진짜 가만 보면 가장 나쁜 놈들이에요."

"좋은 기자분들도 많잖아요. 우노에 오는 기자분들 보면 아주 열정적이던데. 전에 우리 기사 써주신 분도 그렇고요."

"그렇긴 하죠."

그때, 장 프로의 휴대폰이 울렸고, 장 프로는 웃으며 입을 열었다.

"좋은 기자분이 연락하셨네요."

"받아보세요."

장 프로는 웃으며 통화 버튼을 눌렀다.

"네, 양지승 기자님. 벌써 다 되셨어요?"

—그게 아니라요. 이번에 DIO 광고 맡으셨어요?

"어? 어떻게 아셨어요?"

—음, 장정훈 프로님은 모르시고 계셨던 거 맞죠?

"뭘요?"

—제가 기사 작성해서 편집부에 넘겼는데 갑자기 보도지침 때문에 못 내보낸다고 그러더라고요. 그래서 알아보니까

DIO에서 저희한테 내용을 주긴 했는데 정확한 정보를 줄 때까지 보도 유예해 달라고 했다네요. 그게 장 프로님이 부탁했던 기사 내용이고요. 하나는 DIO의 광고를 C AD가 맡는다는 거고요. 하긴 모르고 있었으니까 저한테 부탁했던 거겠죠?

"DIO에서 왜……."

—C AD에서 모르고 계셨던 거라 다행이네요. 알고 계신 상태에서 부탁한 거였으면 섭섭할 뻔했어요. 핵심은 쏙 빼놓고 곁다리만 준다고요. 아무튼 그 내용 이제 곧 풀릴 거예요.

통화를 마친 장 프로는 어리둥절한 표정으로 한겸을 봤고, 한겸은 장 프로의 말만으로 어떤 상황인지 유추했다.

"DIO에서 기사를 내보낸대요?"

"네."

"음, 우리를 이용해서 자기들 이미지도 깨끗하게 만들겠다는 건가."

"어? 그럴 수도 있겠는데요?"

"그런데 방법이 좀 그렇네요. 애꿎은 다른 회사들까지 피해 보게 만들 필요는 없이 그냥 우리 기사만 내놓아도 충분했는데. 뭐 그래도 잠깐 미움은 받겠지만, 다른 회사들도 투명하게 운영되긴 하겠네요. 착하게 운영하고 있던 회사들한테는 미안해지겠지만요."

장 프로는 약간 민망한 표정으로 한겸을 봤다.

“왜 그러세요?”

“순간 부끄러워지네요. 전 우리 C AD가 이득을 볼 거 같아서 좀 좋았거든요. 그런데 김 프로님 말씀대로 저희 기사 때문에 작은 회사들이 피해 볼 수도 있을 것 같네요.”

“우리 혼자서 할 수 있는 건 아니잖아요. 지금 분트 광고도 다른 회사들이 도와줘서 만든 건데요. HT도 그렇고요.”

“그렇죠… 지금 저희와 협업하는 업체들만 해도, 규모는 작아도 전부 저희처럼 좋은 회사들인데 피해 갈까 봐 걱정되네요. 대표님이나 저희들이 협업 업체 초이스할 때 다 확인했는데. 어휴, 별문제 없겠죠?”

직원들을 뽑을 때도 인성을 가장 우선순위로 두었던 만큼 협업 업체나 거래처를 뽑을 때도 그 부분이 크게 작용했다. 그런 작은 규모의 회사들은 Do It 프로덕션처럼 제작도 하면서 광고 수주도 하기에, 알게 모르게 타격을 받을 수도 있었다.

“제가 광고주라도 기사 봤으면 너희들이 돈 더 가져가려고 예산 부풀리는 거 아니냐! 그럴 거 같은데요. 우리 협업 업체들은 지역광고 하는 곳도 많은데 타격 좀 받겠어요.”

“의심의 눈초리부터 보내겠죠.”

그 말을 들은 한겸은 잠시 생각하더니 장 프로를 봤다.

"우리 기사는 언제 나온대요?"

"곧 나온다고 하더라고요. 그런데 기왕 기사 내보낼 거면 천천히 내보내는 게 더 큰 효과를 볼 텐데."

"DIO가 시간이 없잖아요. 광고 회사와 생긴 문제를 깔끔하게 해결하고 싶은가 보네요. 그런데 시간은 없고. 그래서 광고계를 비판하는 기사를 내보내서 우리를 빠르게 띄우려고 하는 거겠죠. 그런데 우리 홈페이지에 저희하고 같이 일하는 업체들 나오죠?"

"그럼요. 광고주도 나오고 협업 업체, 외주업체 전부 나오죠. 갑자기 그건 왜 그러세요?"

한겸은 잠시 멋쩍은 표정을 짓더니 입을 열었다.

"협업, 외주업체에 연락해서 C AD하고 같이 일한다고 홍보하라고 하세요."

"네?"

"다들 좋은 회사고 이번에도 열심히 일해주셨잖아요. 돈 말고 딱히 드린 건 없는데 저희 이름이라도 빌려 드리면 괜찮을 거 같아서요."

"다들 홈페이지에는 등록해 놨죠."

"그걸 좀 더 크게 홍보하라는 거예요. 회사 앞에 C AD 협업 업체라고 붙여놓든지 해서요."

"기사가 나오면 유명해지긴 하겠지만… 도움이 될까요?"
"될 거예요. DIO에서 우리 기사를 미친 듯이 내보낼 거 같거든요. 뭐 지금까지 했던 광고들부터 해서, 내부감사까지 공개해서 엄청 깨끗한 회사라고 기사 내보낼 거예요. 그래야지 자기네들이 홍보가 되니까. 아마 모르는 사람이 없을 정도로? 그럼 우리하고 관계된 회사들은 도움이 되겠죠."
"오……."
"좋은 회사들이니까 그 정도는 괜찮을 거 같은데. 대표님한테 물어봐야 되나요?"
"그 정도는 저희끼리 결정해도 됩니다. 그렇게 해서 효과를 보면 저희 일을 더 잘해주겠네요! 우리는 이름을 빌려주고 충신을 얻는다! 게다가 돈 하나 안 들이고!"
"그만큼 엄청 주목하겠죠. 줄어든 우리 기획 팀원들 부담감이 뺑 튀겨서 돌아왔네요."

한겸은 팀원들을 생각하며 피식 웃었다. 그때, 사무실 직원 한 명이 일어나더니 한겸에게 다가왔다.

"갑자기 우리 C AD 기사 올라오기 시작했는데요. 한번 보세요."
"우리 엄청 띄운 기사죠?"
"어? 아셨어요?"
"얼마나 띄워놨으려나."
"띄운 정도가 아니라 저희를 무슨 광고계의 신처럼 만들어봤어요. 그리고 우리보고 화이트 기업 정도가 아니래요."
"그럼요?"
"그보다 더 높은 Glass 기업이래요."
"음? 유리처럼 투명하다는 뜻인가요?"
"네. 기사가 한두 개가 아니라 갑자기 미친 듯이 쏟아져 나오고 있어요. 김 프로님이 계획하신 거예요?"
"아니에요. 나중에 장 프로님한테 설명 들으세요."

한겸은 미소를 짓고는 장 프로를 보며 말했다.

"서둘러서 연락하시는 게 좋을 거 같은데요?"
"아! 네! 어휴, 또 엄청 바쁘겠네. 프로님들! 잠시 모이죠!"

한겸은 직원들이 모이는 걸 보고선 자리에서 일어났다.

* * *

기획 팀 사무실에 있는 팀원들은 기사를 보며 여러 가지 표정을 지었다. 범찬은 C AD를 칭찬하는 기사 내용을 보고 그저 좋아하며 계속해서 다른 기사들을 찾아가며 읽었다.

"푸하하, 별의별 호칭이 다 생기겠네. 다른 광고 회사들은 전부 까마귀고 우리만 백로래."
"이거 청렴한 이미지로 너무 띄워주니까 조금 민망하네. 우리가 그렇게 청렴하지는 않은데. 특히 범찬이 보면 저런 말 못 할 텐데."

"내가 왜요? 나 정도면 청렴 그 자체지."

"우리 돈 벌려고 하는 거잖아. 남들처럼 기부하고 그런 것도 없잖아."

"그런 거 안 해도 충분해요. 플리 마켓을 활성화시킨 게 우리라고 기사에도 쓰여 있는데."

신입 팀원들도 범찬의 영향을 받아서 다들 들떠 있는 표정이었다. 자리에서 그 모습을 보던 한겸은 조용히 헛웃음을 뱉었다. 기사가 나온 이상 사람들의 시선이 집중될 것이기에 부담감을 느낄 거라고 생각했는데 거기까지 생각하지 못한 모습이었다.

자리에서 분트 작업을 하던 한겸이 그 부분에 대해서 얘기를 해줄까 고민을 하던 차에, 가장 현실적이던 수정이 팀원들을 불러 모았다.

"우리 칭찬한다고 좋아할 때가 아니야."

"칭찬하는데 우는 건 더 이상하지. 겸손이 미덕이란 말도 옛말이야. 지금은 자기 어필 시대, 모르냐?"

"어휴, 똥멍충이. 우리가 그만큼 주목받는 건 생각 못 해?"

"아! 그러네."

"DIO가 괜히 이렇게 내보낸 게 아니잖아. TX 갑질 사건으로 분산시켰던 시선을 다시 DIO로 집중시키려고 우리를 이용하는 거잖아. 기사 내용만 봐도 우리가 그동안 기획했던 것들 언급하면서 천재들이 모인 기획 팀이라고 그러는데. 얼마나 기대하겠어."

"천재인 건 맞는 말 같은데? 내가 범상치는 않지."

한겸은 테이블에 앉은 팀원들을 보며 웃었다. 현실을 일깨워 주는 수정과 그로 인해 무거워질 수 있는 분위기를 가볍게 만드는 범찬이 잘 어울렸다. 그리고 두 사람을 중재하는 종훈까지 있으니 팀으로 훌륭했다. 아니나 다를까, 종훈이 둘을 중재하며 나섰다.

"이번 일이 부담스럽긴 해도, 우리 실력을 인정받을 수도 있다고 생각해. 나도 당연히 사람들 시선이 걱정되는데 그만큼 우리가 만든 광고를 많은 사람들이 볼 수 있는 계기가 될 수도 있을 거 같더라고."

"오, 형 뭔가 좀 변한 듯?"

"그냥 전에 HT 광고 찍으면서 고생하다 보니까 고생한 만큼 많은 사람들이 봐줬으면 좋겠다는 그런 생각이 들었어. 내 영상이 조회수가 가장 적잖아."

"뭐 아직까지 그런 걸 마음에 담아두고 있어요."

"마음에 담아두기보다는 스스로 피드백하는 거야. 아무튼 우리 실력을 보여줄 수 있는 기회라고 생각하자고. 그래서 내가 생각한 게 있는데, 마지막 남은 퍼펙트 블랙도 TX에서 내놓은 기획을 사용하는 게 좋을 거 같아."

"오빠! 실력 보여주자더니 해보지도 않고 왜 남의 거 받아 쓰려고 그래요."

"그런 게 아니라, 앞에 세 개도 TX에서 제작했잖아. 그런데 굉장히 좋았고. 그만큼 정말 공을 들였다는 건데 마지막 남은 것도 좋을 거 같거든."

"그럼 우린 뭘 하자는 건데요?"

"우린 각 영상의 연결 장면을 제대로 구상해서 완성도를 높여야지. 앞에 두 장면은 한겸이가 말해준 게 있다고 해도, 블루에서 블랙 넘어가는 건 아직 없잖아. 시간도 별로 없어서 나눠서 하는 게 가장 좋을 거 같거든."

종훈은 자신이 생각한 것들을 조리 있게 설명했다.

"연결 신이 우리한테서 나온 의견인 만큼 우리가 책임져야 하는데, 그 부분만 해도 시간이 오래 걸려. 그리고 음악까지 생각해야 돼. 그걸 적어도 3주 안에는 완성해야 돼. 그래야 컨펌도 받고 수정도 하지. 안 그러면 우리는 괜찮은데 플랜 팀은 엄청 힘들 거 같거든."

"오……."

"그리고 우리 AE니까, 창작도 좋지만 좋은 기획을 알아보는 것도 중요한 거 같아. 한겸이처럼."

한겸은 입을 씰룩거리며 웃었고, 팀원들은 종훈을 보며 입을 열었다.

"이야… 실패가 성공의 어머니라더니. HT 꼴찌 하더니 형 진짜 많이 변했네요."

"실패까진 아니었는데."

"아무튼! 이제 조금 나이답게 아재 같아요. 그럼 대표님이 와야지 TX에 얘기를 해볼 텐데 언제 오시지? 블랙이 어떻게 나오는지 알아야 연결 신을 구상하든 말든 하지."

"그러게. 무슨 문제가 있는 건 아닐까? 너무 안 오시는데."

"또 걱정하네. 대표님이 어떤 사람인데 문제가 있겠어요?"

한겸은 제대로 돌아가는 팀을 보고 만족해하며 웃었고, 한겸의 옆자리에 있던 임 프로도 웃으며 속삭거렸다.

"재밌어 보이는데요?"

"우리도 재미있잖아요."

"네… 재미있죠… 그런데 김 프로님은 왜 저기 안 끼신 거예요? 저희 분트 광고 이제 기다리기만 하면 되잖아요."

"지금은 저 없어도 잘하고 있잖아요. 우리 팀이 발전해야 C AD가 발전하죠. 그리고 제가 하고 싶은 것 하고. 임 프로님도 같이하실 거죠?"

"헛… 뭐 또 화면만 보고 있고 그런 건 아니죠?"

"그럴 수도 있고요."

"어떤 건지 미리 말씀 좀!"

"아직 없어요. 그런데 조만간 생길 거예요."

임 프로는 불안한 표정을 지으면서도 한겸에게 인정을 받은 것 같아 기분이 묘했다.

“아! 맞다! 그런데 김 프로님이 저희 협업 업체에 우리 C AD 로고 붙이라고 하셨다면서요.”

“어떻게 아셨어요?”

“모나리자라고 아시죠?”

“당연히 알죠. 이번에도 열심히 도와주신 곳이잖아요.”

“기획 팀 오기 전에 제가 담당하던 프로덕션이라서 가끔 연락을 해요.”

“뭐라고 하세요?”

“뭐라고 하는 게 아니라 엄청 고마워하더라고요. 지금 광고 대행료에 대한 기사들 나가고 나서 광고 회사들 난리도 아닌가 봐요. 모나리자도 예전에 맡았던 음식점들부터 상점 주인들이 제대로 책정한 거 맞냐고, 영수증 떼어달라고 난리도 아니래요. 모나리자에서 스트리머들 편집도 하는데 갑자기 편집비가 너무 비싼 거 같다는 말도 하고, 또 내역서 보내달라고도 한대요. 제작이면 몰라도 편집이면 인건비인데 그 내역서를 어떤 식으로 보내요. 가격도 이미 정해져 있는 상태였는데.”

생각보다 빠른 반응에 한겸은 약간 놀랐다.

“기사 나간 지 얼마 안 되는데 그렇게 많대요?”

“기사가 쏟아져 나오니까요. 자기들이 당한 건 아닐까 확인하는 전화가 그렇게 많대요. 그런데 저희 연락받고 혹시나 해서 홈페이지에 저희 로고 붙이고, 사무실 창하고 입구에도 C AD 협력 업체라고 붙였대요. 그런데 마침 C AD 기사가 쏟아져 나오기 시작했고요. 그랬더니 점점 줄어들더래요. 막 따지듯이 말하던 사람들도 많이 줄었대요. 그래서 자기들 신경 써줘서 고맙다고 연락했더라고요.”

“음, 다른 회사들은 힘들겠네요.”

“그러니까 투명하게 운영해야죠.”

“그래도 우리하고 같이 일하는 곳들만이라도 피해가 적어서 다행이네요.”

임 프로와 대화를 나눌 때, 누군가가 사무실 문을 두드렸다. 그러고는 우범이 들어왔다. 평소라면 노크 없이 들어오는데 갑자기 노크를 하는 모습에 한결은 우범의 뒤를 봤다. 그러자 우범의 뒤에 사무실 직원들이 있었고, 직원들 옆에는 낯선 사람들도 있었다.

“다들 있었군. 일단 자리 좀 만들지.”

팀원들이 서둘러 테이블에 자리를 만들자 우범이 함께 온 사람들을 자리에 안내했다. 그러고는 팀원들에게 그 사람들을 소개했다.

"TX 기획 총괄 팀장님과 기획 팀장님들이시다."
"안녕하십니까. 총괄 팀장 우병찬입니다."

TX의 이미지가 좋지 않기도 했고 상대방의 대표가 인사를 해서인지, 팀원들은 누가 먼저 나서지 않은 채 모두가 한겸을 봤다. 그러자 한겸이 어색하게 웃고는 자리에서 나왔다.

"김한겸이라고 합니다."

간단하게 인사를 나누자 우범이 나서서 얘기를 했다.

"DIO와의 계약은 확정이 됐고, TX와 조율을 할 부분이 있어서 자리를 만든 거다. 팀장님도 바쁘실 텐데 본론부터 말씀해 보시죠."

우범의 말이 끝나자 총괄 팀장이라는 사람이 먼저 인사부터 건넸다.

"먼저 저희 TX에 기회를 주셔서 감사하다는 말씀부터 드리겠습니다. C AD에서 저희가 제작한 광고를 사용하겠다는 의견을 내주셔서 진심으로 감사드립니다. 그리고 예전 DIO OT 때 있었던 불미스러운 일에 대해서도 사과드립니다."

총괄 팀장은 고개까지 숙여가며 인사를 했고, 한겸은 가볍게 고개를 숙여 인사를 받았다. TX에 대한 이미지가 좋은 편은 아니었지만 총괄 팀장의 인사에는 진심이 느껴졌다. 확실히 이번 일로 기존에 있던 사람들이 대거 물갈이가 된 것 같았다. 하지만 예전의 이미지 때문에 한겸은 혹시나 검은 속내가 있을 수도 있다고 생각하며 팀장의 말에 집중했다.

"C AD에서 저희 광고로 임시로 제작한 광고를 보면서 참 많은 생각이 들더군요. 저뿐만이 아니라 다른 팀장들도 마찬가지였습니다. 네 가지 버전이라고 분산시키는 게 아니라 하나로 집중한 뒤, 또 그 안에서 분산시키는 게 굉장히 좋았습니다. 특히 색끼리 나눠 경쟁 구도를 만들면서도 연결이 되는 장면을 통해 같은 DIO라는 의미를 내포한 점도 좋았습니다."

미팅에서 임시로 작업한 영상이 마음에 들었는지, 총괄 팀장은 영상에 대해서 칭찬을 늘어놓았다. 한참이나 영상에 대해서 말을 하고 나서야 본론을 꺼내놓았다.

"그래서 저희에게 기회를 한번 주셨으면 합니다. 대표님께 듣기로는 마지막에 들어갈 부분은 C AD에서 제작을 할 수도 있고, 외부에서 기획을 받을 수도 있다고 들었습니다. 그 기회를 저희한테 주셨으면 합니다."

한겸은 재빠르게 팀원들을 쳐다보며 인상을 찡그렸다. 그러자 미소를 지으려던 팀원들이 한겸의 표정을 보며 눈치를 채고는 표정 관리를 했다. 하지만 TX 총괄 팀장은 한겸의 표정을 보고 오해했는지 서둘러 말을 이었다.

"물론 그냥 그런 제안을 하려는 건 아닙니다. 저희한테 제작을 맡겨주시면 그에 상응하는 보답을 해드리겠습니다."

"흠, 돈으로요?"

"돈이 됐든 다른 광고 건이 됐든 C AD에 이득이 될 겁니다."

"후, 그건 좀 아닌데요? 지금 TX 이미지가 바닥인데, 만약에 우리가 TX하고 이면계약 같은 걸로 엮여 버리면 문제가 커지잖아요. TX야 원래 그런 회사라고 넘어갈 수 있어도 우리는 지금 청렴하다는 이미지로 주목받고 있는데 그런 일이 터지면 어떤 말을 들을까요? 설마 이런 말 하러 여기까지 오신 거예요?"

사람은 바뀌었지만 같은 회사에서 근무를 하고 있어서 그런지 편법을 사용하려고만 하고 있었다. 한겸은 못마땅한 표정을 숨기지 않았다. 그러자 TX 팀장이 난감해하는 표정을 지으며 말했다.

"그럼 원하시는 조건이라도 있으신지요."

가만히 생각하던 한겸은 우범을 봤다. 우범도 이미 들었을 텐데 여기까지 데려온 걸 보면 다른 생각이 있는 듯 보였다. 그런데 또 표정을 보면 조금 전 자신의 대답에 만족해하고 있었다.

'미리 알려주고 데려오시지.'

혹시 이면계약을 한 뒤 물귀신처럼 자폭하려는 건 아닐까 하는 생각도 들었지만, TX가 문을 닫으려고 마음먹지 않은 이상 그런 방법을 사용할 것 같진 않았다. 도대체 실력도 있는 회사가 왜 저렇게 편법을 부리려는 건지 이해할 수가 없었다. 그때 갑자기 벨 소리가 들렸고, 구석에 있던 임 프로가 서둘러 벨 소리를 멈추게 했다.

"모나리자 대표님이 또 연락하셨네요. 죄송합니다."

그 말을 들은 한겸은 고개를 끄덕이다 말고 TX 총괄 팀장을 봤다.

* * *

모나리자에서 연락한 이유는 아마 감사하다는 인사 때문일 것이다. C AD의 이름만 사용하게 해줬을 뿐인데 계속 전화를 할 정도로 고마워하는 걸 보면, 모나리자가 겪었던 일들이 들었던 것보다 심각했던 모양이었다.

물론 C AD의 협업 업체들은 C AD 덕분에 피해가 미비하지만, 다른 광고 회사들은 그렇지 않을 것이었다. 그중에는 TX와 관련된 회사도 있을 것이고, 그 회사들은 TX의 비리 사건 때문에 다른 회사들보다 더 피해를 보고 있을 수도 있었다.

한겸은 우범을 힐끔 쳐다보더니 다시 TX 총괄 팀장을 보며 입을 열었다.

"저희 조건은 TX도 저희처럼 감사를 하는 걸로 하죠."

"네?"

"외부감사 한다는 조건이면 마지막 광고 TX에 맡길게요."

"그건 갑자기……."

"지금 저희가 백로라고 불리는데 같이 일하는 곳이 까마귀면 안 되잖아요. 그리고 TX도 이미지 쇄신할 수 있는 기회라고 생각하는데요."

"지금도 노력하고 있습니다."

TX의 총괄 팀장은 쉽게 대답하지 못했다. 여러 가지 조건을 예상했는데 감사를 하라는 조건은 생각지도 못했다. 하지만 미팅 중에도 C AD에 대한 기사가 쏟아져 나오고 있다며 꼭 성공시키라는 연락을 수시로 받았기에, 한편으로는 한겸의 조건이 이해가 되었다. 깨끗한 이미지가 TX 때문에 희석될 수도 있었다.

광고주를 제외하고는 항상 갑의 위치에 서서 모든 일을 조율했는데 이제는 을의 위치에서 조건을 따를 수밖에 없었다.

"광고에 대한 일이라면 제가 결정할 수 있지만… 이건 제가 결정할 문제가 아니군요. 시간을 조금만 주시면 안 되겠습니까?"

"저희도 시간 없는 거 아시죠?"

"최대한 빨리 답을 드리겠습니다. 혹시 다른 조건은 또 있으신지요."

"감사하면 제작비 같은 거 뻥튀기 못 하니까 다른 부분에 대해서는 걱정 없어요. 아, 제작에 대해서 얘기할게요. 마지막 블랙의 제작은 TX에 맡기되, 그건 온라인 광고로만 사용되게 될 거예요. 그리고 TV광고에 들어갈 장면은 저희가 선택할 거고요. 아시겠지만 제작 총괄도 TX가 아닌 저희가 맡을 거고요."

"네. 그 부분은 이미 얘기가 다 되었습니다."

"그럼 다른 조건은 없어요. 결정이 나면 퍼펙트 블랙 시나리오부터 주시고요."

TX 총괄 팀장은 순간 저 조건이 진심인지 아닌지 분간이 안 됐다. 보통 조건을 말하면 자신들이 얻을 수 있는 이득부터 생각하게 마련이었다. 그런데 C AD에서 내놓은 조건은 TX의 감사 하나뿐이었다. TX가 감사를 해서 C AD가 얻을 만한 게 있을 리가 없었기에 다른 조건이 있을 거라고 생각했는데 자신의 생각이 틀렸다.

"시간 없으실 텐데 서둘러 가보시는 게 좋을 거 같은데요."
"아, 그래야죠."

TX 사람들은 어리둥절한 표정으로 자리에서 일어났고, C AD 직원의 안내로 사무실을 나갔다. 그들이 내려가는 모습을 본 한겸은 곧바로 우범을 보며 입을 열었다.

"같이 온다고 미리 알려주시지."
"저 사람들이 내 옆에서 떨어지질 않았다."
"후, 그런데 제 마음대로 조건 말해도 괜찮아요?"
"그러려고 데려온 거다. 우리가 받을 이유도 없는데 자꾸 뭘 준다고 하더군. 혹시나 너희가 필요한 게 있을까 해서 데려온 거다. 감사를 받는 것도 괜찮은 것 같더군."
"다행이네요."
"아까 네가 말했듯이 까마귀와 할 순 없으니까. 적어도 흰 비둘기 정도는 되어야지."
"아, 그건 그냥 말한 거고요. 사실 다른 회사들 때문에 그래요."

우범을 비롯해 사무실에 있던 모든 사람들이 한겸을 봤다. 그러자 한겸이 시큰둥한 표정으로 입을 열었다.

"뭘 받으면 안 될 거 같아서요. 받을 것도 없고요."

"나도 그랬다."

"그리고 오늘 하루 종일 대행료에 대한 기사가 나왔거든요. 우리하고 관련된 광고 회사들은 괜찮은데 다른 곳들은 힘들 거 같더라고요."

"그게 무슨 말이지?"

그러자 뒤에 있던 장 프로가 서둘러 한겸의 지시로 협업 업체들에게 연락했다고 설명했다. 한참이나 설명을 듣던 우범은 피식 웃더니 입을 열었다.

"방 PD님하고 같은 말을 하는군. 아무튼 잘했다. 같이한 만큼 같이 살아야지. 광고계가 힘들어지면 우리한테도 그 타격이 돌아올 테니 서둘러 진화하는 게 낫다. TX까지도 감사를 한다면 다른 회사들도 감사를 할 테고, 그럼 광고업계가 깨끗하게 유지되겠군."

"그런 거까지는 아니고요. 그냥 TX에 관련된 회사들도 많이 있을 거잖아요. 감사를 하게 되면 밀린 대금부터 처리해야 되니까 연관된 회사들이 조금 숨통이 트이진 않을까 해서 그런 거예요."

"후후후, 남 걱정까지 할 여유가 있군."

"우리가 사용할 만큼 좋은 광고를 만든 곳들인데 없어져 버리면 아쉽잖아요. 그리고 언젠가는 같이할 수도 있고요."

그때, 대화를 듣던 범찬이 어이없다는 표정으로 입을 열었다.

"겸쓰, 넌 진짜 막무가내야. 남들 생각할 시간에 바로 옆에 있는 우리부터 생각해라! 너 만약에 TX에서 안 한다고 그러면 어쩌려고 그랬냐? 우리가 다 만들어? 시간 없어서 블랙 TX에 맡기기로 한 거 못 들었어?"

"들었어. 그래도 아마 TX는 감사받을 거야. 우리도 TX 광고가 필요하지만, TX도 우리가 반드시 필요하거든. 제작비 통으로 날려먹었는데 그걸 메꿔야 하잖아. 마침 기회가 생겼는데 안 하는 게 이상하지. 게다가 감사를 하면 완전하진 않더라도 이미지 쇄신도 될 거고. 그리고 DIO하고 끊어진 줄이 다시 붙었는데 안 할 리가 없어. 감사 하나로 얻을 수 있는 게 너무 많거든."

"그럼 지들이 먼저 하지 그걸 왜 안 했대."

"그거 아니더라도 방법이 있다고 생각했나 보지. 난 그저 깔끔하게 갈 수 있는 방법을 알려준 거야. 자의든 타의든 깨끗해질 수 있는 계기를 주는 거지. 그리고 내가 하라고 안 했어도 했어야 할걸."

"그건 또 뭔 소리야."

"오늘 저녁에 DIO에서 기사 올라온다고 했거든. DIO에서는 이면계약으로 생긴 비리 이미지를 우리의 깨끗한 이미지로 희석시키려고 하겠지. 그래서 효과를 보게 되면 다른 기업들도 깨끗한 광고대행사를 찾으려 할 테고, 그럼 광고대행사들은 그런 이미지를 만들어야 하잖아."

"효과를 볼지 안 볼지 어떻게 알… 아, 그래서 우리 기사 미친 듯이 내보낸 거구나! 어우, 그런 것도 모르고 TX에서 거절할까 봐 우리는 엄청 조마조마했네."

한겸이 말을 끝내고 웃자 우범이 고개를 끄덕이며 말했다.

"그럼 감사할 곳을 우리가 지정한다고 했으니 알아봐야겠군."

"그건 우노 사장님한테 부탁하세요. 우노 사장님한테 힘도 실어줄 수 있잖아요."

"후후, 좋아하겠군. 이러다 중개하는 커피숍으로 유명해지겠군."

"우리 팀이 기획한 의도 중에 그 의도도 있었잖아요. 아직 공짜 커피 먹고 있는 이상 관리해야 되니까 기왕이면 잘되는 게 좋죠."

범찬은 한겸을 위아래로 훑어보더니 얼굴을 들이밀었다.

"나도 개인적으로 의뢰 좀 하자. 나 좀 홍보해 줘."

"또 무슨 헛소리야."

"나에 대해서 홍보해 주면 계약기간 동안은 내 인생 책임져 줄 거 아니야! 장기로 한 50년 계약하자."

그 말을 들은 직원들은 피식거리면서도 범찬의 말에 공감한다는 듯 고개를 끄덕거렸다.

*　　　　*　　　　*

총괄 팀장이 가져온 소식을 들은 TX 대표는 곧장 임원들을 불러 모은 뒤 회계 팀에게 현재 TX의 상황을 보고받고 있었다.

"지금 감사를 받기에는 시기가 너무 안 좋습니다. DIO 과징금을 저희가 부담했는데 그 금액이 외주업체들한테 지급할 금액으로 처리되었습니다."

"아, 골치 아프네. 다른 문제는?"

"다른 문제도 있습니다. 신분적 사항에서도 최 이사님이 퇴직 처리가 안 되고 부산으로 갔다는 게 밝혀질 수도 있습니다. 그리고 2팀장부터 대리 두 명도 최 이사가 해고 처리를 해버려서, 그 부분에 대해서도 의문을 품을 수 있습니다."

"그건 됐어. 실수를 했으면 그거에 대해서 묻는 건 당연하지. 마침 잘됐네. 2팀에 있던 팀원들까지 부산으로 보내. 걔네들 일도 못한다면서. 그럼 회사 내에서 징계로 결정됐다고 보이게 만들 수 있잖아."

"그 팀원들 안에 최 이사님까지 묶어버리면 가능해 보입니다."

"하아, 골치 아프네. 그룹 회의에서 이런 보고를 어떻게 해야 하나. 후, 감사를 통해 나올 수 있는 건 그게 단가?"

"C AD 측에서 원하는 건 회계 부분에 대해서였기에 외주 및 하청 업체 미지급액 처리만 되면 다른 부분은 문제가 없습니다. 다만 매출 증감률이 나오다 보니 저희가 하락세라는 걸 인정해야 합니다."

"C AD는?"

"매출은… 믿기 어려울 정도로 상승했습니다. 분마가 터진 이후부터 급상승해서 지금까지도 상승 중입니다."

"분마라……."

대표는 잠시 생각을 하더니 입을 열었다.

"우리도 우리 잘못된 점을 노출시키는 건 어떤가. 분트에서 했던 것처럼. 일부를 노출시킨 다음 고쳐 나가는 모습을 보여주면 더 좋지 않겠어?"

"그것도 문제가 좀 있습니다. 노출을 시키게 되면 거래처에 미지급한 사실을 밝혀야 하는데, 현재 거래처들은 DIO와 계약이 취소된 상태라서 지급할 수 없다고 알고 있습니다. 그런데 이게 밝혀지면 거래처에서 알게 될 테고, 그럼 분명히 문제가 생깁니다."

"그럼 어떻게 하는 게 좋겠어?"

"감사를 안 받는 게 최선이지만, 받는다면 차라리 깔끔하게 지급하는 편이 가장 효율적입니다."

"그럼 과징금으로 나간 비용은 어떻게 처리하고?"
"다른 마케팅 비용 예산을 절감하는 방법이 가장 좋아 보입니다. 자체적으로 홍보하는 영상 같은 걸 기획하면 과징금으로 빠진 예산을 어느 정도 충당시킬 수 있을 거라고 봅니다."
"후, 얼마 전에는 새로운 바람이다 뭐다 하더니 이제는 또 깨끗한 바람이고. 무슨 바람이 이렇게 많이 불어."

대표는 고개를 좌우로 저은 뒤 총괄 기획 팀장을 보며 물었다.

"되겠어?"
"TX의 홍보용 광고 제작은 큰 문제가 되지 않습니다. 광고를 유통시킬 것도 아니라서… 사과문처럼 제작해서 홈페이지에 올려도 될 것 같습니다."
"후, 남한테 까발려지는 거보다는 자진 납세 하는 게 낫지. 그럼 얘기 나온 대로 진행해 봐."

팀장은 고개를 숙이며 한숨을 뱉었다. 잘못을 감추기에 급급한 회사나 거기에 맞장구치는 자신이나 모두가 한심스럽게 느껴졌다. C AD처럼 깨끗하게 운영할 수는 없는 건지 안타까운 마음이 들기도 했지만, 이번 일로나마 회사가 좋은 쪽으로 바뀔 수 있는 계기가 되길 바랐다.

*　　　　*　　　　*

분트 작업을 하던 한겸과 임 프로를 포함한 C AD 기획팀원들이 테이블에 모였다. TX로부터 조건에 응한다는 대답이 왔고, 그와 동시에 마지막 블랙에 대한 시나리오를 보내왔다.

“이게 도대체 무슨 의미지? 다들 알겠어요?”

“그러게요. 너무 생뚱맞은 거 같은데요?”

“블랙을 우주로 표현한 건 알겠는데 갑자기 블랙홀은 또 뭘까요.”

“그리고 우주복 입은 모델을 넣으면 너무 이상할 거 같지 않아요? 전부 CG 처리하면 제작비도 어마어마할 거 같은데요.”

TX에선 블랙을 우주로 표현하고, 우주가 블랙홀에 빨려 들어가는 모습을 표현한 시나리오를 보냈다. 앞선 세 가지 광고와 너무 다른 내용에 팀원들은 제대로 보낸 건지 의아해했다. 그때, 범찬이 한겸을 힐끔 보더니 입을 열었다.

“겸쓰! 너 자꾸 우리 의견만 듣고 웃지 말고 네 생각을 말해! 왜 자꾸 엿듣는 거처럼 듣고만 있어.”

“그냥 의견 내놓는 거 듣고 있는 거지.”

항상 자신이 먼저 의견을 꺼냈는데 이제는 팀원들이 알아서 먼저 의견을 내놓는 모습이 새삼 신선하게 느껴졌다. 때문에 팀원들의 모습을 보며 웃고 있었다. 한겸은 뿌듯한 미소를 지으며 시나리오를 천천히 살폈다. 한참을 보던 한겸은 이내 시나리오를 내려놓았다. 그러자 팀원들이 한겸을 가만히 쳐다봤다.

"뭘 담으려는 건지 알겠어? 주제가 뭐야."

"포부 같은데?"

"포부?"

"나도 확실치는 않은데 내 느낌상으로는 스페이스를 집어삼키겠다는 DIO의 포부를 블랙홀로 표현한 거 같아. 우주가 전부 블랙홀로 빨려 들어가고 완벽한 블랙만 남는다잖아. 재밌네."

"괜찮다고?"

"응, 괜찮아 보이는데? DIO에서 좋아하겠네."

시나리오대로 광고가 만들어졌을 때 어떤 색이 보일지는 알 수 없었다. 하지만 한겸이 보기에는 상당히 재미있게 느껴지는 내용이었다.

'실력은 참 좋은 회사 같은데.'

*　　　*　　　*

한겸은 TX가 진심으로 안타까웠다. 회사를 조금 더 투명하게 운영했다면 이미 동양의 위에 자리하고 있어도 이상하지 않았을 거라는 생각이 들었다. 그때, 시나리오를 열심히 들여다보던 범찬이 머리를 헝클어뜨리며 말했다.

"그런데 이거 어떻게 연결하지? 아, 기분 나쁘네."

"갑자기?"

"분명히 이상하다고 생각했는데 네가 괜찮다고 그러니까 괜찮아 보여."

"각자 보는 눈이 다를 수 있지. 이상하면 바꾸자고 해봐."

"시간이 없지. 어휴, 이거 어떻게 연결하냐. 바다가 끝인데 바다에서 어떻게 우주로 넘어가! 마무리도 그냥 우주에서 끝나 버리면 너무 암울하지 않아?"

한겸도 시나리오를 읽어보며 따로 생각해 보진 않았다. 그런데 범찬의 말을 듣고 나니 일상생활이 배경인 다른 광고들과 붙인다면 이질감이 생길 것 같았다.

"사람들이 이질감을 느끼지 않도록 만들어야겠네."

"그러니까 어떻게?"

"나도 지금 봐서 딱히 드는 생각은 없어."

"봐! 너도 생각이 안 날 정도로 어렵지? 이거 TX는 그냥 만들기만 하면 되는데 우리만 머리 터지게 생겼네."

"TX에서 완성본 보내면 사용할 장면은 내가 뽑을게. 일단 연결 신 좀 생각해 봐."

"오케이. TX도 바로 촬영 들어갈 준비한다고 그랬어."

"미리 기획하고 있어서 그런지 진행은 빠르네. 그럼 수고들 하고."

한겸이 자리로 돌아가려 하자 범찬이 팔을 붙잡았다.

"겸쓰, 어디 가냐?"

"나? 대만 분트 광고 아직 안 끝나서 마저 해야지."

"너, 어차피 이제 할 일 다 했잖아? 오늘 최종 컨펌 받고 다음 주 곧바로 광고 나가는 거 아니야?"

"그렇긴 한데 대만 끝나면 곧바로 다른 나라 분트 광고 들어가잖아."

"아, 그러네."

"그리고 너희들 실력도 늘어야지. 그래야 나중에 회사 인원 늘어났을 때 각자 팀을 맡을 거 아니야. 아무리 직급이 없다고 하더라도 팀을 이끄는 사람은 있잖아. 지금 셋처럼. 가장 처음 입사했는데 팀장 못 하고 팀원 할 거야?"

"넌 무슨 재수 없는 소리를 하냐. 아무튼 오케이. 이해했어."

한겸은 웃으며 자리로 돌아갔다. 그러자 팀원들은 한겸의 말을 바탕으로 회의를 이어나갔다. 한겸이 그들의 대화를 듣고 있을 때, 임 프로가 들어왔다. 그러고는 사무실 분위기를 한 번 보더니 조심스럽게 한겸의 옆으로 다가왔다.

"흐흐, 최종 컨펌에서 만족했답니다."

"휴우, 잘됐네요."

"분마하고 HT로 그렇게 잘했는데 당연히 잘되죠. 그리고 오웬 씨가 곧 한국에 온다네요."

"대표님이 그러세요?"

"네, 그런데 DIO 일하고 겹치진 않겠죠?"

"겹치면 대만 분트처럼 우리 둘이 해야죠."

"휴, 분트에서 자기네 광고 두 명이서 기획하는 거 알면 기절하겠어요. 실질적으로는 김 프로님이 다 하는 거고 전 따까리인데!"

"따까리라니요. 그 정도는 아니에요. 그런데 다음은 어느 나라래요?"

"그건 모르고 있더라고요."

한겸은 고개를 끄덕거렸다. 이제 남은 건 광고를 본 대만 사람들의 반응이었다. 하지만 크게 걱정되지는 않았다. 각 영상들의 마지막 부분에서는 분명히 색이 보였기에 사람들도 좋아할 것이 틀림없었다. 그래서인지 반응보다는 다음에 어떤 나라의 분트 광고를 맡을지가 궁금했다.

한겸이 분트에 대해서 생각 중일 때, 회의하던 팀원 중 종훈이 갑자기 한겸을 보며 질문했다.

“한겸아, 방 PD님은 제작이 아니라 제작 총괄이지?”
“네, 아무래도 TX에서 맡기는 제작 팀이 있으니까요. 우리는 대행사로 총괄하는 게 서로 부딪치지 않을 거 같아요.”
“응, 그래. 아무래도 방 PD님은 총괄에다가 제작까지 하려면 힘드실 거니까 연결 장면 촬영할 제작 팀도 알아봐야겠지?”

그때, 한겸의 옆에 있던 임 프로가 앉은 채로 크게 말했다.

“그거 말 안 해도 돼요. 지금 사무실에서 리스트 뽑고 있어요.”
“오! 임 프로님! 역시 사무실 출신! 쩔어!”
“크크, 제가 한 건 아닙니다. 그리고 모델들도 지금 연락하고 있더라고요. 추가 촬영 할 키오하고 스케줄 조정하고 있고요, 나머지는 두 명은 활동 기간이 아니라서 스케줄에 문제없다네요. 아마 곧 알리러 올 겁니다.”
“휴, 쓸데없이 걱정할 뻔했네. 그런데 다른 프로덕션들 스케줄 괜찮대요?”

임 프로는 한겸을 힐끔 보더니 씨익 웃었다.

“네, C AD 일이라면 가장 우선순위라면서 언제든지 연락하라고 그랬다네요. 한 군데가 아니라 모든 프로덕션에서 그런 답변을 보내왔대요. 그거 다 김 프로님 덕분이죠."

"겸쓰, 넌 계속 사무실에만 있었으면서 언제 다 연락을 해 놓은 거야."

"김 프로님이 연락하신 게 아니라 협업 업체들한테 저희 C AD 이름을 사용할 수 있게 해준 게 컸죠. 김 프로님이 그러셨잖아요. 백로가 까마귀랑 놀면 안 된다고. 그러니까 사람들이 백로랑 같이 일하는 프로덕션도 백로로 보나 보더라고요."

"허, 그냥 지나가듯이 감사받으라고 한 게 이렇게 흘러가나? 겸쓰, 너도 이렇게 될 줄 몰랐지?"

한겸은 머쓱해하며 웃었다. C AD의 이름을 빌려준 건 이렇게 될 거라는 걸 예상했지만, 감사를 받으라고 한 건 예상해서 한 일이 아니었다.

"DIO에서 기사 내놓을지 몰랐는데 어떻게 알아. 우리 감사받으라고 한 건 미리 대비를 하려고 그런 거지. 그냥 우연히 겹친 거야."

"어우. 그거까지 계획했다고 그랬으면 사람 아니라고 생각했을 거야."

다른 팀원들도 공감한다는 듯 고개를 끄덕거렸다. 특히 신입 팀원들은 신기하다는 듯 입을 열었다.

"회사가 잘되는 데는 이유가 있는 거 같아요."

"저도요. 어떤 회사가 자기 잘되고 있을 때 같이 일하는 협업 업체 생각을 해요. 저도 인테리어 가게 좀 했었는데 잘되면 다 제가 잘해서 그런 거라고 생각했거든요. 생각해 보면 김 프로님처럼 저렇게 행동했으면 안 망했을 수도 있었겠네요."

과한 칭찬에 머쓱해진 한겸은 주제를 바꾸기 위해 임 프로에게 질문을 했다.

"다들 괜찮대요?"

"괜찮고말고요. 제작 의뢰는 물론이고 다른 곳에서 했던 견적서 가지고 와서 확인해 달라는 사람들까지 있다는데요. 다 김 프로님 덕분입니다!"

한겸은 괜한 질문을 했다고 생각하며 고개를 돌려 버렸다. 그러자 범찬을 비롯해 기존의 팀원들은 키득거리며 웃었다.

"이야, 겸쓰 민망해하는 거 오랜만에 본다."

"그러게. 한겸이가 저렇게 민망해하는 거 보니까 이번에는 진짜 의도한 게 아니었나 봐."

"김한겸 저러다 사무실 나갈 수도 있으니까 이제 그만!"

한겸은 웃고 있는 세 사람을 보며 한숨을 뱉고는 입을 열었다.

"시간도 없을 텐데 나 관찰할 시간에 빨리 기획이나 짜지?"

팀원들도 순간 자신들의 상황을 깨닫고 서둘러 머리를 맞댔다. 그러고는 서로의 의견을 내놓으며 회의를 진행하던 중 범찬이 입을 열었다.

"아무래도 안 되겠어. 일단 우노 때처럼 둘씩 나눠서 진행하자. 어때?"

"괜찮은 거 같은데. 난 그럼 구 프로님하고 키오 씨 스키 촬영 맡을게."

"나도 괜찮아. 그럼 양 프로님하고 난 안개꽃 던지는 장면 맡을게. 마지막 촬영은 네가 맡아."

"야! 바꿔! 내가 강승연 만나러 갈 거야!"

"어휴… 최범찬이 그럼 그렇지. 안 돼. 우리가 맡을 거니까 그렇게 알아."

"걸 그룹 보고 싶어서 그런 게 아니거든……?"

"네가 그거 말고 다른 이유가 있다고? 웃기고 있네."

"다른 이유가 있지! 음… 맞다! 겸쓰랑 하도 같이 다녀서 그런지 현장을 보면 감이 올 거 같으니까 그런 거지."

"이미 김한겸 말대로 하기로 했는데 감은 무슨. 개똥 같은 소리 하지 말고 그럴 거면 TX 현장이나 가서 감 잡아. 그게 좋겠네."

수정은 더 이상 범찬의 말을 들을 필요가 없다고 판단했는지 손뼉까지 쳐서 상황을 정리했다.

"그럼 두 팀은 제작 팀하고 소속사들하고 미팅할 수 있게 시나리오부터 만들어요. 그럼 각자 만들고 확인해 보기로 하고 흩어지죠. 양 프로님은 이리로 오시고요."

서로 흩어져 버리자 얼떨결에 마지막 블랙을 담당하게 된 범찬은 머리를 긁적거리며 안타까워했다. 그것도 잠시, 범찬은 마지막 남은 박 프로를 보며 어색하게 웃었다.

"제가 걸 그룹을 보러 가려던 건 아니에요."
"하하, 알죠. 그럼 저희는 시간 좀 있는데 TX 현장에 가볼까요? 최 프로님이 말씀하신 대로 현장을 보면 도움이 될 것 같기도 하거든요. 전 솔직히 아직도 감이 안 잡힌 상태예요."
"어차피 배경이 우주라서 실내에서만 촬영할 텐데. 후아! 일단 연락해 보죠."
"제가 하겠습니다."
"제가 할게요. 후, 오늘 제작 준비한다고 했으니까 언제쯤 촬영하려나. 준비할 것도 없으니까 이르면 내일 시작하겠네요."

범찬은 TX에서 보내온 서류를 뒤적거렸다. 잠시 뒤 담당자

연락처를 찾았는지 곧바로 전화를 걸었다.

각자 일을 나눠 진행하는 모습을 본 한겸은 웃으며 고개를 돌렸다. 그러자 임 프로가 한겸을 물끄러미 쳐다봤다. 그러더니 고개를 숙여 조용하게 말했다.

"김 프로님은 다른 프로님들을 물가에 내놓은 애들처럼 보시네요."

"제가요?"

"물론 김 프로님이 가장 대단하긴 하시지만, 제가 보기에는 한 명, 한 명이 기똥찬 분들이거든요. 만약에 프로님들이 다른 회사로 옮긴다고 마음먹으면 다들 못 데려가서 난리 날 거예요."

"그런가요. 그냥 조금 걱정돼서 그렇죠."

"그러니까요. 세 분은 김 프로님이 하는 일 전적으로 믿어주잖아요. 그러니까 일도 안 도와주죠. 이건 농담이고요. 사실 이번 일도 사실 김 프로님이 끼기보다는 세 분한테 맡기는 게 더 좋다고 생각했거든요. 김 프로님 혼자 이곳저곳 참여하시니까 여유가 없잖아요."

한겸도 어느 정도는 동의했다. 기획 팀 인원도 늘었기에 팀별로 일을 나눠서 진행해도 된다는 것을 한겸도 알고 있었다. 처음 C AD를 꾸릴 때도 최종적으로는 여러 기획 팀을 나누어 광고를 제작하는 것이 목표였다.

하지만 TX에서 제작한 광고를 조금만 다듬으면 광고 전체에서 색이 보일 것 같은 마음에 빠지고 싶지 않았다. 대만 분트 광고만 해도 꽤 많은 공을 들였지만, 광고 일부분에서만 색이 보였기에 더욱 욕심이 났다.

한겸은 임 프로 말처럼 너무 많은 일에 참여하는 것이 아닌가 생각하며 각자 일을 하고 있는 팀원들을 봤다. 그때, 심각한 표정으로 통화를 하는 범찬이 보였다.

"제작비에 대한 건 사무실에 얘기하세요. 저한테 말씀하셔도 소용없어요."

임 프로는 방금 전 자신이 한 말이 있었기에 문제가 생기더라도 범찬이 해결할 문제라고 생각하고 고개를 돌렸다. 하지만 한겸은 이미 고개를 들어 범찬을 보고 있는 중이었다.

"전부 조율 끝난 거 아니에요? 왜 저한테 예산 얘기를 하시지? 이해가 안 되네. 알긴 뭘 알아요. 우리는 CG 작업 안 해본 줄 아시나, 말을 이상하게 하시네."

범찬의 진지한 모습을 처음 보는 팀원들은 하던 일을 멈추고 심각하게 범찬을 바라봤다.

"그럼 우리가 할게요. TX 빠지실래요? 그건 싫죠? 남의 예산을 왜 가져가려고 그러는지 이해할 수가 없네. 아니, 제작비 예산도 넉넉하게 잡혔는데 TX가 남는 게 왜 없어요? 무슨 외주업체 타령이에요! 혹시 삥땅 치려는 거 아니에요? 그리고 하루가 바쁜데 제작 일정을 변경한다고 그러더니 갑자기 예산 얘기를 하질 않나."

한겸은 범찬을 보며 이해한다는 듯 고개를 끄덕거렸다. 어떤 이유에서인지 모르지만 돈 문제를 범찬에게 꺼낸 것부터가 잘못이었다.

"그 예산으로도 안 되면 같이하기 힘들죠. 사무실에 말할 필요도 없어요. 제가 C AD 창립 멤버이자 오너거든요? 오늘까지 촬영 일정 안 주면 오너로서 결정 내릴 테니 그렇게 아세요. 아! 그 전에 삥땅 칠 수 있으니까 예산 견적서 다시 제대로 보내세요!"

범찬은 화난 표정으로 일방적으로 통화를 종료했다.

*　　　*　　　*

팀원들은 처음 보는 범찬의 모습을 보며 놀란 표정을 지었다. 신입들뿐만이 아니라 종훈과 수정 역시 놀란 표정이었다. 범찬이 자주 투덜대기는 하더라도 화를 내지는 않았다. 그런데 지금 범찬은 진심으로 화난 표정이었다. 그래서인지 다들 선뜻 범찬에게 말을 걸지 못했다. 한겸마저도 범찬이 화를 내는 모습을 처음 봤다. 그때, 범찬이 숨을 크게 뱉으며 입을 열었다.

“후아! 열받네! 어디서 내 한강 뷰 아파트 들어가는 걸 늦추려고!”

범찬의 말을 들은 수정은 헛웃음을 뱉으며 입을 열었다.

“무슨 일인데 갖고 있지도 않은 아파트까지 들먹거려.”
“아니! 갑자기 제작비가 부족하다잖아! 분명히 넉넉하게 잡았는데 말도 안 되는 소리 하고 있어. 어디서 삥땅을 치려고!”

가만히 듣고 있던 한겸은 고개를 갸웃거렸다. 범찬의 말처럼 제작비가 부족할 리가 없었다.

“이상하네.”

한겸의 중얼거림에 팀원들이 전부 한겸을 쳐다봤다. 그러자 한겸의 옆에 있던 임 프로가 고개를 저으며 한겸에게 속삭였다.

“또 참견하시네요! 저희 분트 광고 확인해야 되는데.”

한겸은 어색하게 웃고는 범찬을 보며 말했다.

“TX에서 다른 말 없이 제작비만 올려달래?”

“어! 아직 정신을 못 차렸어!”

“그 부분이 이상한데? 감사받으면 예산 빼돌리기도 어려울 텐데. 그렇다고 기획안이 바뀐 것도 아닐 거고.”

“그건 당연하지. 바뀌었으면 우리한테 먼저 알려야 할 텐데.”

“그러니까 이상하다는 거야.”

“그러고 보니까 이상하네. 지금도 욕먹고 있는데 뻔히 걸릴 걸 알면서 삥땅 치려는 건 아닐 거잖아.”

가만히 생각하던 한겸은 범찬을 물끄러미 보며 물었다.

“다른 말은 없었어?”

“없었어.”

“잘 생각해 봐.”

“갑자기 제작비 얘기해서 기억도 안 나! 무슨 일정을 바꿔야 된다고 그랬던 거 같은데.”

“일정을? 갑자기 일정을 왜?”

“외주업체 선정한다고.”

범찬의 말이 끝남과 동시에 한겸의 옆에 있던 임 프로가 고개를 갸웃거렸다.

“저희만 하더라도 거래처가 정해져 있는데 TX 정도 되는 회사가 기존에 같이 일하던 회사가 아니라 새로운 회사를 선정한다라. 확실히 이상한데요?”

“그러게요. 일정을 바꾸면서까지 새로운 회사를 선정한다는 걸 보면 기존의 협업 업체하고 문제가 있는 건가요?”

“그러지 않을까요? 저희한테 예산 보낸 거 보면 기존 업체들하고 얘기가 다 되어 있던 상태였을 텐데. 일정도 바꾸고 업체 선정도 다시 한다는 거 보면 뭔가 틀어졌나 본데요. 그래도 이상하긴 하네요. 협업 업체라고 해도 하청이나 다름없을 텐데 어지간한 일 아니고는 TX와 틀어지려고 하진 않을 텐데. 알아볼까요?”

“TX에 직접 물어봐도 안 알려줄 거 같은데요.”

“그렇겠죠. 지네가 뭐 잘못한 거 같은데 대놓고 알려주진 않겠죠. 그렇다고 TX하고 틀어진 곳에 알려달라고 하기도 좀 그렇고요.”

“그럼 어떻게 알아보시게요?”

임 프로는 어깨를 으쓱거리더니 범찬에게 질문을 했다.

“최 프로님, 블랙 제작 팀이 하늘 프로덕션이었죠?”

“잠시만요. 맞아요. 하늘 프로덕션. 여기가 화이트도 제작한 곳인데요?”

“위치는 어디쯤이에요?”

“파주 금촌동이라고 그러네요.”

"그럼 파주 금촌동이면, 가만있어 보자. 그 근처에 J 브라더스가 가장 가깝겠네."

임 프로는 휴대폰을 꺼내 들더니 전화 목록을 뒤적거렸다. 그러기를 잠시, 번호를 찾았는지 팀원들에게 잠시 기다리라는 손짓을 하고선 통화 버튼을 눌렀다.

"대표님! 오랜만에 연락드리네요. 잘 지내셨죠? 부서 옮기고 처음 연락드려서 죄송합니다. 다름이 아니라 혹시 하늘 프로덕션 아세요? 아! 잘됐네요."

임 프로가 통화하는 모습을 지켜보던 범찬은 어느새 한겸의 옆으로 다가왔다.

"뭐야, 우리 거래처들하고 다 알아?"

한겸은 미소를 지은 채 범찬의 말에 대답했다.

"그만큼 사무실에서 거래처 관리에 신경 쓰셨으니까 아시겠지. 괜히 거래처분들이 우리를 좋게 보는 게 아니었네. 다 사무실 프로님들 덕분이야."

"야, 관리했다고 다 알아? 딱 봐도 친해 보이잖아. 임 프로님이 은근히 사람들하고 잘 어울리네. 하긴 HT 황 과장하고도 형 동생 하기로 했지."

TX의 일도 궁금했지만, 한겸은 다시금 사무실 직원들의 노고가 느껴졌다. 그사이 임 프로의 마지막 인사가 들려왔다.

“어휴, 저희가 더 감사하죠. 그리고 혹시 이번에 새로 담당하는 직원하고 문제가 생기면 저한테 살짝 얘기해 주세요. 제가 최대한 도움을 드리겠습니다. 하하, 그럼요. 그럼 또 연락드리겠습니다!”

통화를 마친 임 프로는 조금 전 밝은 인사와 다르게 입맛을 다셨다.

“어휴, TX 이것들 그럴 줄 알았지.”

“무슨 일인지 알아내셨어요?”

“대충은 알 거 같아요. 아마 저희가 감사받으라고 한 거 때문에 생긴 일 같습니다.”

“그게 무슨 말이에요?”

“감사에서 안 걸리려고 지금 거래처들한테 미지급했던 걸 지급한 모양이에요.”

“그럼 잘된 거잖아요.”

“그런데 처음에 TX가 한 짓이 문제가 됐죠. TX에서 DIO 일 터지고 나서 이번 제작을 아예 없던 일로 통보했었나 봐요. 그래서 제작비 일부를 지불하지 못한다고 그랬는데, 지금 와서 그게 아니었다는 걸 알게 되니까 TX 거래처들이 들고일어났나 보네요. 지금 TX 똥줄 타고 있을 겁니다."

임 프로의 말을 들으며 고개를 끄덕거리던 종훈이 갑자기 입을 열었다.

"그럼 우리 거래처들 소개해 주면 되겠네요."
"오! 괜찮겠는데요. 그럼 저희가 더 편하게 일할 수도 있겠습니다."

그 말을 들은 한겸은 고개를 저으며 팀원들을 저지했다. 그러고는 수정을 살피며 입을 열었다.

"지금 일로도 우리 거래처는 충분하잖아요. 그리고 지금 우리 거래처란 사실 때문에 일도 많이 들어온다고 들었어요."
"그래도 우리 사람부터 챙기는 게 맞지 않아?"
"그렇긴 한데 그래도 남의 일을 뺏어 가는 거 같아서 좀 그래요. 우리는 성장하고 있더라도 다른 업체들은 힘들어하잖아요. 그런데 일까지 우리가 뺏어 가면 어떻게 해요."

대화를 듣던 범찬이 한겸의 어깨에 손을 올렸다.

"역시 가진 것이 많아서 그런지 욕심이 없단 말이야. 가진 자의 여유!"

"그런 거 아니야."

"그럼 뭐야. 자기네들이 안 한다고 그런 걸 우리가 우리 거래처에 주겠다는 게 잘못됐어?"

"잘못된 건 아니지. 그런데 내가 보기에는 TX 거래처들이 안 하겠다는 거보단 항의하는 것처럼 보이는데? 광고계가 점점 위축되는데 대형 광고 회사하고의 관계를 쉽게 버리진 못할 거잖아."

"그러니까 자기들 입장을 바꿔보려고 이런 일을 하고 있다는 거야?"

"그러는 거 같아. 다들 알잖아. 방 PD님이 TX하고 어떤 일이 있었는지. 그때는 방 PD님 혼자 대항했지만 이번엔 업체들이 다 같이 들고일어난 거 같은데, 그걸 우리가 훼방 놓는 건 아니라고 봐."

한겸의 말을 듣고 상황을 깨달은 종훈은 민망하다는 표정으로 수정을 봤다. 수정은 그런 종훈을 보며 상관없다는 듯 말했다.

"TX가 꼴 보기 싫은 건 맞는데 망해 버리면 피해 보는 업체들이 생길 거라서 그러고 싶진 않아요."

"그렇겠구나. 내가 너무 우리만 생각했네."

수정의 일을 알던 범찬도 미안했는지 괜스레 수정을 보며 웃었다. 다들 이해를 한 것처럼 보이는 모습에 한겸이 마저 말을 이었다.

“하늘 프로덕션? 아마 거기도 지금 긴장하고 있을 거야. 수정이 말대로 TX가 망하면 피해 보는 곳이 많다 보니까, 망하기보다는 변했으면 해서 그러는 거 같거든. 그런데 우리가 끼어들어서 다른 회사 소개해 주면 TX가 변할까? 오히려 하청업체들이 숙이고 들어갈 거 같은데. 난 지금이 TX가 변할 수 있는 계기가 될 거 같아.”

“그런데 우리는? 제작 어떻게 해?”

“TX에서 빨리 해결해야지.”

“그러니까 어떻게 해결하냐고. 우리한테 제작비 올려달라고 연락이나 하는데. 올려줘야 돼?”

한겸은 어깨에 올라간 범찬의 팔을 거둬내고는 입을 열었다.

“우리는 할 거 없어.”

“할 게 없어? 그럼 제작은?”

“해야지. 아! 해야 될 게 한 가지 있네.”

“뭐! 뭔데!”

“재촉.”

“재촉? 뭘 재촉해?”

“TX는 지금 우리하고 일해서 다시 도약하려고 그러는 중이잖아.”

“그렇지. 그래서 감사까지 받으면서 일하려고 하지.”

“그러니까 이번 일이 우리한테도 중요하지만 TX한테도 중요하잖아. 그러니까 우리는 재촉만 하면 돼. 네가 예산 변경 못한다고 그랬으니까 그 안에서 해결해야 될 테고, 그렇다고 확인 안 된 저렴한 회사들하고 일해서 이번 일을 망칠 순 없으니까, 결국 실력이 있으면서 기존에 함께 일했던 회사들부터 회유하려고 하겠지.”

가만히 듣던 범찬이 고개를 끄덕이다 말고 눈을 반짝거렸다. 그것도 잠시, 무척이나 긴장되는 표정으로 변하더니 침까지 삼켰다.

“그러니까 네 말은 한마디로 TX가 하늘 프로덕션에 고개 숙이도록 우리가 갑질 하라는 거잖아!”

“갑질까지는 아니야. 우리한테도 그동안 TX가 만들었던 DIO 광고가 필요하니까.”

“그게 갑질이지! 야, 나 갑질 한 번도 안 해봤는데! 내가 갑질을 잘할 수 있을까? 아! 긴장된다! 어떻게 해야 되냐. 넌 좀 해봤을 거 아니야.”

“내가 무슨 갑질을 해! 그리고 그런 거 아니라니까. 그냥 제작 환경을 좀 바꿔보자는 거지. 다들 제작 팀들하고 일해봐서 얼마나 힘든지 다들 알잖아.”

“와우, 그러면 우리가 엄청 중요한 역할이네. 우리의 갑질로 인해서 제작 회사들의 처우를 바꿀 수 있는 발판이 되겠구나!

열심히 해야겠네."

한겸은 신이 난 범찬의 표정을 보며 불안해하는 표정을 지었다. 그러자 옆에 있던 임 프로가 한겸에게 조용하게 속삭였다.

"크크, 잘하실 겁니다. 이번부터라도 완전히 믿어보시죠."
"믿어도 되겠죠?"
"뭐, 딱히 어려운 일은 아니니까요."

*　　　　*　　　　*

TX의 총괄 팀장은 각 팀에서 올라오는 보고에 머리가 지끈거렸다. 처음에는 DIO와 관련되어 있던 업체들만 항의를 해왔고, 앞으로 일을 하지 않겠다고 통보한 업체들도 있었다. 그런데 시간이 지날수록, 어찌 된 게 DIO와 관련되어 있지 않던 업체들마저 그동안에 대한 일들에 대해 불만을 토로하며 더 이상 일을 맡지 않겠다고 알려왔다.

"토이 스튜디오도 이번 광고를 끝으로 일을 맡지 않겠답니다."
"후, 미치겠군."
"이 정도면 거의 담합이라고 보는 게 맞는 거 같은데 어떻게 할까요."

"어떻게 하긴 뭘 어떻게 해. 지금 단체로 항의하는 건데. 왜 남이 싼 똥을 내가 치워야 돼. 하아."

총괄 팀장은 짜증을 내며 말을 이었다.

"그래서 다른 제작 업체들은 알아봤어?"
"다른 곳들을 알아보고 있는데 쉽지가 않습니다. 동양기획 쪽은 협업 업체들 관리가 철저해서 파고들기가 어렵고, 그다음으로 C AD와 관련된 제작 팀들은 마치 자기들이 C AD 소속인 것처럼 다른 회사 일을 안 맡겠다고 그럽니다. 조만간 큰 일을 맡을 수 있어서 여유가 없다더군요."
"아, C AD. C AD는 바쁘군."

총괄 팀장은 씁쓸한 표정으로 한숨을 뱉었다.

"그래서 C AD에서 대답은? 아직도 안 된대?"
"아무래도 힘들 것 같습니다."
"내가 찾아가서 우리 사정도 말하고 설명하라고 그랬잖아."
"안 그래도 찾아갔는데 미팅에서도 단호합니다. 그리고 이제는 미팅도 거절합니다."
"하아, 그래도 수시로 연락해 봐."
"네, 그런데… 거기 이상한 놈 하나가 있어서요."

보고를 하던 팀장은 생각만 해도 진저리가 난다는 듯 몸을 떨었다.

*　　　　　*　　　　　*

총괄 팀장은 고개를 갸웃거렸다. 며칠 전 미팅에서 만났던 C AD 직원들 중에 이상하다고 느낀 사람은 없었다. 오히려 나이에 맞지 않게 너무 당당해서 당황했던 기억만 남아 있었다.

"누구 말하는 거지? 저번에 봤던 김한겸인가 그 친구? 이상하진 않던데?"

"그 사람 말고 최범찬이라는 AE인데요… 어휴."

"왜 그러는데."

보고를 하던 팀장은 진저리 난다는 표정을 지었다.

"제가 전화하고 난 이후로 시간 단위로 전화를 합니다."

"C AD에서도 제작에 차질이 생길까 봐 그러는 거군. 그럼 조만간 우리 조건 받아들이겠군."

"그러면 받아들이겠는데, 전화해서 이상한 협박만 합니다."

"무슨 협박?"

그때, 팀장의 휴대폰이 울렸다. 번호를 보던 팀장은 인상을 찡그리며 총괄 팀장에게 휴대폰을 보여주었다.

"또 왔습니다!"

"개진상이 최범찬인가 그 사람 번호야?"

"네… 왜 또 전화를."

"내가 받아보지."

"받으실 필요 없습니다……."

"이리 줘봐."

"아닙니다! 제가 받겠습니다."

"줘봐. 뭐라는지 알아야 할 거 아니야. 그래야 우리가 부탁을 하든 할 거 아니야."

팀장은 마지못해 총괄 팀장에게 휴대폰을 넘겼고, 총괄 팀장은 곧바로 통화 버튼을 눌렀다. 그런데 인사를 하기도 전에 전화 너머에서 말소리가 들려왔다.

—어, 그러니까 약속한 기일을 지키지 못하면 계약을 파기해도 책임이 을에게 있다고? 그리고 DIO에서 직접 책임을 TX에게 물을 거라고?

"여보세요? 여보세요. 전화받았습니다."

—우리한테는 아무런 책임이 없다는 거지? 그럼 TX에서 약속 안 지켰으면 좋겠다! 그럼 우리가 기획해 놓은 걸로 제작하면 TX하고 예산 안 나눠도 되잖아. 우리 이미 다 기획해 놨는데 못 쓰게 돼서 아까웠는데 잘됐다!

"여보세요……?"

—그래도 TX에서 제작이 불가능하다는 걸 입증하려면 조금 기다려야 된다고? 얼마나? 그건 우리가 확인해야 된다고? 기다려 봐. TX에 전화해 보자. 어? 뭐야. 또 전화 걸려 있었네. 내 전화기 고장 났나 봐! 전화가 걸린 건가? 여보세요?

총괄 팀장은 어이가 없다는 표정으로 앞에 있던 팀장을 봤고, 팀장은 다 알고 있다는 표정으로 한숨을 뱉었다. 잠시 뒤, 범찬의 일방적인 통화를 마친 TX의 총괄 팀장은 헛웃음을 뱉으며 휴대폰을 다시 넘겨주었다.

"별다른 용건도 없이 이게 뭐 하는 짓이야?"

"저걸 시간 단위로 하고 있습니다……."

"미친놈도 아니고서야 원. 우리 요구를 들어줄 수 없다고 확인차 전화했다고?"

"네… 다른 요구라도 있으면 이해를 하겠는데 다른 요구 사항도 없습니다. 그냥 무작정 최대한 빨리 해결하라는 얘기만 하는 통에. 그리고 아까 들으셨듯이 이상한 협박을 하더군요. 그래도 제작 팀 선정이 해결되면 C AD 문제도 해결될 문제입니다."

고개를 끄덕거리던 총괄 팀장이 인상을 찡그리더니 갑자기 보고서를 뒤적거리기 시작했다.

“박 팀장, 아까 제작 팀 중에서 C AD하고 관련된 곳도 있다고 했지?”

“네, 전부 거절했는데 왜 그러시는지.”

“아까 조만간 C AD에서 무슨 큰일을 맡는다고 그러지 않았나?”

“네, 그랬습니다.”

“허… 진짜로 우리 빼고 할 생각인가?”

“그러긴 힘들 겁니다. 이미 앞에 세 개의 광고가 완성된 상태인데 그걸 버리고 새로 제작하기에는 힘들 겁니다. 분명히 예산을 벗어나게 될 거고요.”

“예산이 해결되는 기획안이 정말 있다면? 우리가 제작한 광고보다 훨씬 좋은 기획이 정말 있다면?”

총괄 팀장은 고개를 저었다. 그동안 C AD에서 보여준 것들을 보면 정말 자신들이 알지 못하는 기획이 있을 수도 있다는 생각에 불안해졌다.

“다시 연락해 봐.”

“네! 안 그래도 제작 회사들 알아보고 있습니다.”

“아니, C AD에 관련된 곳에 연락해서 확인부터 하라고.”

“네? 그걸 저희한테 알려주려고 할까요?”

“알아봐야지! 만약에 정말 자기들이 제작하려 한다면 곧 바쁘겠지. 아니! 이럴 게 아니라 직접 만나러 가보는 게 좋겠어. C AD하고 관련된 제작 팀 전부 알아 와. 진짜 우리 빼고 하려는 거면 우리 몰락이다."

총괄 팀장은 서둘러 알아보라는 듯 팀장에게 손을 저었다.

*　　　*　　　*

TX의 총괄 팀장은 파주에 위치한 광고 제작 회사 J 브라더스에 도착했다. 이곳에 도착하기 전 두 곳을 먼저 방문했었지만, 대놓고 물어볼 수가 없었기에 돌려 말하느라 꽤 많은 시간을 소비해야 했다.

"후우."

총괄 팀장은 선뜻 문을 열지 못하고 함께 온 직원을 보며 한숨을 뱉었다. 앞서 방문했던 두 곳에서 들은 대답으로 인해 불안만 커진 상태였다. 총괄 팀장은 다시 숨을 크게 들이마시고는 문을 열었다.

"들어가 보지."

J 브라더스에 들어서자 무척 바쁘게 움직이는 사람들이 보였고, 그중 직원으로 보이는 한 사람이 다가왔다.

"어떻게 오셨어요?"

“TX 기획 총괄 팀장 우병찬이라고 합니다.”

“TX요?”

“전화로 연락을 드리긴 했었는데 직접 만나서 얘기를 해보는 편이 좋을 것 같아서 실례를 무릅쓰고 이렇게 찾아왔습니다.”

“아… 지금은 조금 곤란한데…….”

“잠깐만이라도 시간을 내주셨으면 합니다. 그것도 어렵겠습니까?”

J 브라더스에서 내놓을 대답은 어차피 정해져 있었다. 다만 C AD에서 벌이는 일이 진실인지 알고 싶을 뿐이었다. 그때 J 브라더스 직원이 입을 열었다.

“그게 아니라 저희 지금 비상이라서요. 지금 대표님하고 PD님들 전부 외근 나가셨거든요. 지금은 엔지니어들밖에 없어서 미팅할 수가 없어요.”

“그럼 언제 오시는지 알 수 있을까요? 기다리겠습니다.”

“아마 오래 걸리실 거 같은데요. C AD에 회의하러 가셔서 내일이나 오실 거예요. C AD하고 회의하면 오래 걸리거든요.”

“회의요?”

“네. 저희가 갑자기 일이 생길 거 같다고 비상이 걸린 상태라서요.”

총괄 팀장은 표정 관리를 할 수가 없었다. C AD에서

DIO의 광고를 직접 제작하게 된다면 그나마 회생할 수 있는 계기마저 사라져 버리게 되는 것이었다. 총괄 팀장은 급한 마음에 J 브라더스 직원에게 인사도 하지 않고 서둘러 나갔다.

한편 J 브라더스의 직원들은 TX 총괄 팀장이 나가는 동시에 고개를 들어 올렸다. 그러고는 한 명도 빠짐없이 직원들 모두가 닫힌 문을 쳐다봤다. 잠시 동안 침묵이 이어지고, TX 총괄 팀장을 응대했던 직원이 가장 먼저 입을 열었다.

"이게 무슨 일이야……."

그러자 직원들도 하나둘씩 피식거리며 입을 열기 시작했다.

"크크, 대표님. 왜 갑자기 연기하셨어요?"
"푸하하, 진짜 왜 대표 아닌 척했어요."

그러자 TX 총괄 팀장을 응대하던 사람은 긴장했는지 혀까지 내밀며 한숨을 뱉었다.

"어휴, 갑자기 찾아와서 깜짝 놀라서 그랬지. 진짜 이렇게 찾아올 줄은 몰랐네."
"그런데 진짜 무슨 일이래요? C AD분들이 TX에서 연락 오면 왜 그렇게 말해달라고 그런 거예요?"
"모르지. 임 프로님이 전화 오면 그렇게만 말해달래서 난 전화만 기다리고 있었는데 진짜 찾아와서 완전 놀랐네. 며칠 전에는 하늘 프로덕션 일 물어보더니 무슨 일 있는 건가?"

"혹시 저희가 TX하고 일할까 봐 그러는 건 아니겠죠?"

"야, 생각을 해봐라. 너희들이라면 C AD, TX 이렇게 있어. 그럼 어디하고 일할래?"

"당연히 TX죠!"

대표는 예상하지 못한 대답에 당황했다.

"뭐?"

"C AD하고 일하고 나서부터 일이 너무 많잖아요."

대표는 직원들의 농담에 피식 웃었다.

"TX하고 일하면 평생 놀게 될 수도 있는데? 그리고 우리하고 진짜 일할 생각이면 아까 그렇게 나갔겠어? 인사도 안 하고 아주 정신없이 나가던데."

"진짜 그러네."

J 브라더스 대표는 직원들과 농담을 던지고는 자리로 돌아왔다. 그러고는 휴대폰을 꺼내 C AD 임 프로에게 전화를 걸었다.

"임 프로님, 저 유재승입니다. 지금 방금 TX에서 찾아와서 연락드렸습니다."

—직접 찾아왔다고요?

"네, 저도 얼마나 놀랐는지. 그래도 임 프로님이 말씀하신 대로, C AD 일로 바쁘다고는 했습니다."

—어려운 부탁 들어주셔서 감사합니다.

"어렵긴요. 그런데 무슨 일 있는 겁니까?"

—제대로 말씀드릴 순 없지만, 대표님께 해가 되는 일은 아닙니다. 그저 최 프로님이 제작 회사들 제작 환경 바꿔보시겠다고 그러는 걸로만 알아두시면 됩니다.

"C AD하고 일하면서 대금도 제대로 받고 환경도 좋아졌는데 여기서 더 좋아진다고요?"

—다른 제작 회사들도 있지 않습니까. 우리만 환경이 바뀌는 것보다 광고계 전체가 바뀌었으면 하는 생각에 이번 일을 작당하시더군요! 아! 작당은 아니고.

"참……."

—아무튼 조만간 인사드리겠습니다.

통화를 마친 J 브라더스 대표는 여러 가지 감정이 교차되었다. C AD와 일하기 전에는 일을 하고 대금을 제대로 받아본 기억이 없었다. 회사를 운영하는 입장이다 보니 제작 환경보다 자금이 우선이라 그 부분이 가장 크게 다가왔다. 그런데 C AD와 일을 하면 그에 대한 대금이 칼같이 들어왔다. 뿐만 아니라 제작 환경도 변했다. 다소 일이 많을 때도 있지만, 그에 대한 보상이 제대로 지급되었다. 그리고 무엇보다 C AD와 만든 결과물에 대한 사람들의 반응을 보면, 지금 하고 있는 일에 대한 자부심까지 생겼다.

그런데 그런 것들을 자신들만이 아닌 다른 회사들까지 느끼게 될 거라는 생각에 기분이 이상했다. C AD와 함께 일하면서 바뀐 환경으로 인해 업계에서 직원 대우가 좋은 업체로 경쟁력을 갖게 되었는데, 그 부분을 나눠 가져야 할 수도 있었다. 동시에 C AD가 대단하다는 생각이 들었다. 분명히 자신처럼 생각하며 경쟁력을 무기 삼아 광고계에 영향력을 넓힐 수 있을 텐데도, 자신들과 상관없는 다른 회사들까지 변하게 하려 했다.

"참, 나 같으면 못 했을 거 같은데."

그때, 직원 한 명이 다가오며 입을 열었다.

"뭘 못 해요?"

"내 거 나눠 갖기."

"누가 뭘 나눠 가졌어요?"

"그냥 혼잣말이야. 그런데 왜?"

"다음 주 목요일 촬영에 알바 명단 정해져서 확인하시라고요."

"열흘이나 남았는데 벌써? 가만 보자. 어? 전부 다 저번에 그 친구들이네. 참, 신기하네."

"신기하긴요. 지금 우리 상황이 더 신기하죠. 우리 3달째

막내 안 바뀌고 있는 거 아시죠?"

"어! 그러네?"

"저 알바 친구들도 우리 회사 들어오고 싶어 하던데요."

"우리 회사를?"

"네, 광고 전공하는 친구들이라서 우리가 다른 회사들하고 조건이 다른 걸 안 거 같더라고요. 세상에 야근한다고 다 챙겨주는 광고 회사가 어디 있어요. 사실 우리도 얼마 안 되긴 했지만."

J 브라더스 대표는 신기하단 표정으로 명단을 살폈다. 그러자 직원이 웃으며 입을 열었다.

"이러다 보면 다시 광고업계가 활발해질 거 같지 않아요?"

"그런가?"

"그렇죠. 업계가 좋아지면 지원하는 사람들도 늘어나고, 그럼 그만큼 인재들 뽑을 수 있는 기회도 늘어나는 거잖아요."

"그렇지."

"참 이런 거 보면 가장 위에 있는 기업이 진짜 중요한 거 같아요. 지금은 우리뿐이지만 C AD 덕분에 변하는 게 보이잖아요. 그런데 아까 뭘 나눠요?"

"아이 참, 아니라니까."

J 브라더스 대표는 민망한 표정으로 고개를 돌렸다.

'연기를 좀 더 잘했어야 했나?'

*　　　　　*　　　　　*

TX의 총괄 팀장 우병찬은 지금 이 사태에 대한 해결책이 쉽게 떠오르지 않았다.

"팀장님, C AD에서 진짜 제작하려나 봅니다."

"알아."

"일단 다른 팀장들에게 연락해서 전국 제작 회사들을 알아보라고 지시했습니다."

"너무 오래 걸려."

"그래도 저희가 가만있을 수는 없지 않습니까."

우병찬은 팀장의 눈도 마주치지 않고 대답했다.

"이미 C AD에는 좋은 제작 회사들이 잔뜩인데 우리가 확인도 안 된 회사들을 데리고 가면 C AD에서 그렇게 하라고 할까?"

"그건 아니지만… 뭐라도 해야 되지 않겠습니까? 지금 DIO 일로 인해 저희 이미지가 바닥이라서 인바이트도 안 들어오고 있는 상황입니다. 하나투자에서도 광고 회사들 인바이트했는데 저희는……."

"알아. 알고 있으니까 잠깐 조용히 좀 있어봐. 하아, 도대체 최 이사라는 인간은 일을 왜 이딴 식으로 한 거야."

총괄 팀장은 크게 한숨을 뱉었다. 그러고는 한참이나 말없이 창밖을 쳐다봤다. 그러는 사이, 차가 파주의 촬영장들이 모인 곳을 지나쳐 갈 때였다. 중앙선 너머에서 촬영 차로 보이는 트럭들이 세트장으로 들어가는 모습이 보였다.

"저렇게 제작 회사들이 많은데 우리하고 일하려고 하는 회사가 없네."

"지금은 C AD의 입맛에 맞게 고르느라 까다로워서 그런 겁니다."

"그럼 C AD 신경 안 쓰면 아무 회사나 막 써도 돼?"

"그건 아닙니다! 지금까지 일했던 회사들만 봐도 전부 실력 있는 회사들이었습니다."

"이젠 그런 실력 있는 회사들하고 같이 일 못 하게 된 거고. 그렇지?"

총괄 팀장은 한숨을 뱉고는 운전하던 직원에게 말했다.

"하, 박 팀장. 내가 지금 신경이 날카로워서 자꾸 짜증 내게 되네. 미안해."

"아닙니다. 사과하지 않으셔도 됩니다."

"사과할 건 사과해야지 쌓이는 게 없지. 내 경험상으로 쌓이다 보면 업무에서 다 나타나게 되더라. 아무튼 미안하고,

회사 들어가서 회의해 보자고."

창밖으로 고개를 돌리던 우병찬은 무언가가 떠올랐다는 듯 다시 직원을 쳐다봤다.

"박 팀장, 우리 협업 업체들한테 사과했나?"
"네? 갑자기 통보하듯 연락이 와서……."
"못 했다는 거지?"
"중요한 곳들하고는 연락해서 사정을 들어보긴 했는데, 따로 사과하진 않았습니다. 한 번에 많은 곳에서 계약 해지 통보를 해오는 통에… 일일이 찾아가서 사정을 들어볼 여력이 없었습니다."
"아니, 사정을 들어보라는 게 아니라 내 말은 항의하는 일에 대해서 사과를 했냐고."
"네?"
"안 했지?"
"네… 그랬던 적이 없어서……."

우병찬은 어이가 없다는 듯 헛웃음을 뱉었다.

"하아… 그러고 보니까 이번 제작 맡은 곳이 하늘 프로덕션이지?"
"네, 맞습니다. 화이트도 하늘 프로덕션에서 제작했습니다."
"하늘 프로덕션 위치가 파주로 알고 있는데 여기서 머나?"

"내비 찍을까요?"

"가자. 가서 일단 사과부터 하고 사정을 들어보자. 그래서 회유할 수 있으면 좋은 거고. 하, 어떤 식으로 사과를 해야 되냐."

총괄 팀장은 얼굴이 뻘게질 정도로 마른세수를 했다.

'지금까지 순서가 틀렸었네.'

*　　　*　　　*

하늘 프로덕션을 운영하고 있는 이재환은 깊은 한숨을 내뱉었다. TX에 거래를 그만하겠다고 통보할 때까지만 해도 체증이 뚫린 것처럼 시원했었다. 하지만 시간이 지날수록 자신이 했던 선택이 조금씩 흔들리고 있었다.

"대표님, 지금이라도 다시 전화를 해보는 게 어떨까요?"

"맞습니다. TX가 아무리 욕을 먹는다고 해도, 그래도 TX 아닙니까. 저희가 지금 이러면 저희만 손해입니다. 곧 저희 자리를 다른 프로덕션이 채우겠죠."

"에이! 이 사람들이 말을 해도! 우리가 일이 없어진 게 다 TX 때문인데 지금 그걸 말이라고 합니까?"

"지금은 TX에 문제가 생겨서 잠깐 일이 없는 상태지만 지금까지 TX 이름 때문에 얻은 것들도 있지 않습니까. 그리고 지금 아무런 대책도 없는 상태에서 TX와 관계를 끊어버리면 우리는 뭘로 회사를 유지합니까."

"잠깐 일이 없어요? TX에서 DIO하고 이면계약 터지고 우리까지 협업 업체라고 알려져서 있던 일마저 취소되고 있는 상태인데! 그래도 우리는 TX 믿고 기다렸는데 우리한테 돌아온 게 도대체 뭡니까!"

"미지급한 대금을 지급하는 건데 우리한테는 좋은 일 아닙니까? 화이트로 펑크 난 제작비 메울 수 있는데 당연히 좋은 일이죠."

"그걸 말이라고! 지금까지 했던 일 중 못 받았던 대금들도 저런 식으로 뒤통수쳤을 수도 있는데, 앞으로 어떻게 믿고 같이 일을 합니까! 그리고 우리 말고 다른 곳들도 전부 계약 중지했잖습니까! 우리만 간신처럼 붙어 있자는 겁니까? 이런 대우 받으면서? 최 매니저처럼 생각하는 사람이 있으니까 TX에서 대금 가지고 장난질하는 거 아닙니까? 우릴 병신으로 보고!"

"병신이라니요!"

"그럼 아닙니까?"

상반된 의견을 내놓고 있는 직원들도 현 상황이 불안해서 하는 말들이었다. 그 전까지만 해도 가족 같은 분위기에 불화 없는 팀이라고 자부했는데, 상황이 이렇게 되다 보니 모두의 신경이 날카로운 상태였다. 이재환은 다투고 있는 두 사람을 제지하며 말했다.

"우리끼리는 싸우지 맙시다. 내 결정에 따른다고 해놓고 이렇게 다투면 제가 어떻게 해야 합니까."

"후… 죄송합니다. 지금 상황이 답답해서……."

"지금 당장은 힘들어도 조금만 버텨보죠. TX가 아니더라도 일은 있겠죠. TX 없다고 죽으란 법은 없잖아요. 꼭 광고 제작이 아니더라도 Y튜버 같은 사람들과 같이 일하는 것도 생각해 보죠. 그러니까 일단은 조금만 더 기다려 봅시다. TX하고 5년간 같이했으니 최소한 답이라도 주겠죠."

결국은 기다리는 것밖에 할 수 없었다. TX와 일을 할 때도 TX를 기다렸는데, 지금도 TX를 기다려야 하는 상황이 씁쓸했다. 그때, 직원 한 명이 회의실로 들어왔다.

"대표님, 손님 찾아오셨는데요."

"어? 우리한테? 어떻게 오셨다는데?"

"그냥 대표님 좀 뵐 수 있냐고 물어보더라고요."

"그래? 알았어."

이재환은 혹시나 일을 맡기러 온 고객일 수도 있다는 생각에 서둘러 회의실을 나왔다. 그러자 과일 바구니를 들고 있는 두 사람이 보였다. 일을 맡기러 온 사람이 과일 바구니를 들고 올 리가 없었다.

"어떻게 오셨어요?"
"하늘 프로덕션 대표님 되십니까?"
"네, 제가 대표입니다만."
"안녕하십니까. 진즉에 인사를 드렸어야 했는데 이제야 인사를 드리게 되었군요. 전 TX 우병찬이라고 합니다."
"TX라고요……?"
"네, 여기 제 명함입니다. 그리고 이건 약소하지만, TX에서 준비한 선물입니다."

이재환은 받아 든 명함을 가만히 쳐다봤다. 그렇게 기다리던 TX에서 회사까지 찾아왔건만, 막상 이렇게 찾아오자 어떤 말을 꺼내야 할지 잠시 머릿속이 하얘졌다. 그때, 회의실에서 화를 내던 임원이 명함을 보더니 입을 열었다.

"총괄 팀장이십니까?"
"네, 이번에 새로 총괄 팀장을 맡게 되었습니다."
"허……."

몇 년 동안 일하면서 기껏 만나봤자 가장 높은 사람이 팀장이었는데 지금은 그보다 높은 총괄 팀장이었다. 그래서인지 하늘 프로덕션 직원들은 서로의 얼굴을 번갈아 쳐다봤다. 처음 겪는 상황에 이재환 역시 마찬가지였다. 그때, TX 총괄 팀장인 우병찬의 입이 열렸다.

"다름이 아니라 하늘 프로덕션에서 저희 TX와 일을 중지하겠다고 알린 것 때문에 찾아왔습니다."

"아……."

사과를 하더라도 전화로 연락을 해올 줄 알았던 이재환은 어떤 대답을 내놔야 할지 판단이 서지 않았다. 그러자 앞서 회의에서 TX에 대해 불만을 표현하던 임원이 이재환의 옆구리를 찔렀다. 고개를 돌려보니 그 임원은 그냥 넘어가지 말라는 듯한 표정으로 고개를 젓고 있었다. 이재환은 고개를 끄덕거리고는 우병찬을 쳐다봤다. 그러고는 떨리는 걸 꾹 참고 말을 뱉었다.

"저희하고 할 얘기가 남아 있습니까?"

TX를 옹호하던 임원들은 이재환의 선택에 아쉽다는 듯 고개를 돌렸고, 말을 뱉은 이재환 본인도 불안한 표정이었다. 그 때, 앞에 있던 우병찬이 들고 있던 과일 바구니를 내려놓았다. 그러고는 허리를 90도로 숙였다.

"제가 총괄 팀장으로 자리한 지 얼마 되지 않았습니다. 그래서 TX에 닥친 일부터 해결하고자 하는 생각에 마음이 급했나 봅니다. 그동안 저희 TX에 도움을 주신 분들부터 생각했어야 했는데 그러지 못한 점 사과드립니다. 앞으로 저희 관계가 어떻게 될지는 하늘 프로덕션에 달려 있지만 그래도 사과는 꼭 드려야 할 것 같아서 이렇게 찾아왔습니다."

우병찬과 함께 온 일행 역시 고개를 숙여 사과를 했다. 그 모습을 지켜보던 이재환은 순간 움찔했다. 항상 갑의 위치에 있던 TX의 사과에 자신도 모르게 우병찬을 일으켜 세울 뻔했다. 하늘 프로덕션 대표는 민망했는지 어색한 표정으로 직원들을 살피고는 입을 열었다.

"일어나시죠. 일단 들어가서 얘기합시다."

*　　　*　　　*

TX 총괄 팀장인 우병찬은 그저 고개만 끄덕거리며 하늘 프로덕션 관계자들의 말을 들었다. 대부분 예전에 서운했던 일들에 대한 얘기였다. 우병찬은 전혀 모르는 일들이었기에 지루했지만, 하늘 프로덕션을 잡아야 C AD와 일을 할 수 있다는 생각에 묵묵히 받아들이고 있었다.

"예전에 DH은행 작업할 때만 해도 그래요. DH 다음 광고 저희하고 작업하니 장비하고 인력 늘리라고 그래서 저희는 한창 준비하고 있었죠. 그런데 DH은행하고 TX하고 엇나갔죠."

"그랬던 걸로 알고 있습니다."

"DH하고 엇나갔으면 엇나갔다, 우리한테 미리 언질을 해줄 수 있는 건데! 저희는 그것도 모르고 무리해서 장비 신설

하고 그랬습니다! 그래서 그 부분에 대해서 저희가 항의를 하니까 뭐라고 했습니까. 또 오신 지 얼마 안 됐으니까 모르시겠죠?"

"네, 죄송합니다."

"미리미리 준비를 해둔 거로 생각하라고 그러지 않았습니까. 저희도 그렇게 생각하려고 했습니다. 저희한테 일을 더 주겠지! 일이 다른 회사로 넘어가면 더 좋은 걸 맡기려고 그러는 거겠지 하면서 기다리기만 했습니다! 그런데 계속 기다리라고만 합니다. 그럴 거면 다른 회사 일이라도 하게 해주든가! 이게 협업체입니까?"

서운했던 점이 어찌나 많은지 말이 끊이질 않았다. 하지만 우 팀장은 TX에서 일하다 보니 TX의 입장도 이해되었다. 협업체의 시설이나 실력이 상향평준화되어야 일하기가 편하니 미리 준비를 하려 했을 것이다. 그렇다 해도 그런 부분은 하늘 프로덕션 입장에서 보면 충분히 답답했을 거라고 생각됐다. 하지만 작디작은 부분까지 서운해하는 걸 보면 생각보다 쌓인 게 많아 보였다. 그래도 자신들의 서운했던 점을 오픈하는 걸 보면 아직까지는 관계를 유지하고 싶어 하는 것처럼 느껴졌다.

한참이나 계속되던 얘기가 점점 끝을 보이고 있었다. 우병찬은 얘기를 듣는 것만으로도 지쳤지만, 자신의 용건이 남아 있었기에 조심스럽게 입을 열었다.

"그런 고충들이 있었군요. 여러분들의 조언을 마음 깊이 새겨 앞으로는 그런 일들이 없도록 하겠습니다. 그리고 제가 찾아온 이유를 이미 알고 계시겠지만, 저희 TX는 하늘 프로덕션과의 관계를 유지하고 싶어서 이렇게 찾아왔습니다."

이제부터가 진짜였다. 갑과 을의 위치가 바뀐 상태이다 보니 하늘 프로덕션에서 어떤 조건을 내세울지, 그걸 받아들일 수 있는지 빠르게 판단해야 했다.

*　　　*　　　*

우병찬이 찾아온 이유를 알게 된 하늘 프로덕션 대표는 얼굴도 상기되었고, 목소리도 약간 격양되어 있었다.

"그저 고치겠다고 하는 걸로는 부족합니다. 그동안 겪어온 것들이 있는데 이렇게 사과를 하신다고 해서 그냥 넘어갈 문제가 아니라고 봅니다."

"당연하죠. 저희가 어떻게 해드려야지 마음이 풀리시겠습니까."

"사실 TX에서 찾아온다고 해도 저희는 앞으로 TX하고 절대 일하지 않으려고 했습니다. 하지만 총괄 팀장님이 진심으로 사과하시니 마음이 조금 풀립니다. 그래도 당분간은 TX를 믿기 어려울 것 같습니다. 그래서… 제작비를 반으로 나눠 지불해 줬으면 합니다."

우병찬은 쉽게 이해되지 않는 조건에 고개를 갸웃거리며 되물었다.

"네? 그게 무슨 말씀이신지."

"저희가 예산을 짜면 그 예산의 반을 미리 지불해 달라는 겁니다. 물론 어려우시겠죠?"

우병찬은 당황스러운 표정으로 함께 온 팀장을 쳐다봤다. 그러자 민망해하는 팀장의 표정이 눈에 들어왔다. 대답을 듣지 않아도 상황이 어떻게 돌아가고 있는지 알 것 같았다. 예전 회계 팀까지 참여한 회의에서 언뜻 듣긴 했지만, 예산을 일을 한 뒤에 줄 거라고는 생각지 못했다.

제작비를 미리 지불하는 건 당연한 일이었다. 광고주의 지불 방식에 따라 조금씩 달라지겠지만, 광고주에게 받은 예산으로 협업체에 대금을 지불하고 협업체는 그 예산으로 일을 진행하는 것이 보통의 방식이었다. 그런데 하늘 프로덕션에서는 당연한 얘기를 조건이라고 내걸고 있는 걸 보자 그동안 TX가 협업체를 어떻게 관리했는지 알 것 같았다.

"당연히 그래야지요. 광고주의 오더에 따라 달라지겠지만, 앞으로는 그렇게 진행될 겁니다."

"네? 그렇게 해준다고요?"

오히려 되묻는 이재환의 모습에 우병찬은 미소를 지으며 고개를 끄덕거렸다.

"크흠, 정말입니까?"

"그래야죠. 그래야 이번 DIO 때처럼 문제가 생기지 않겠죠."

"하아… 정말 약속하실 수 있습니까?"

"있습니다. 제 자리를 걸고 약속드립니다. 또 다른 조건이 있으십니까?"

하늘 프로덕션의 직원들은 자신들의 조건을 받아들였다는 사실이 쉽게 믿어지지 않는다는 표정이었다. 우병찬은 그 모습을 보며 진심으로 씁쓸했다.

"그리고 예산 견적서에 그동안은 야근 비용이나 외부 인력 사용에 대한 내용이 빠졌었습니다. 그 부분까지 첨부하겠습니다. 예산은 물론이고 기간이 빠듯해서 직원들 월급 주고 알바 쓰고 하면 회사 운영하기도 벅찹니다."

"당연한 말씀이십니다. 예산안에 포함하시면 됩니다."

들으면 들을수록 가관이었다. 협업체를 어떻게 대했길래 저런 당연한 걸 조건이라고 내거는 건지. 얘기를 듣다 보니 자신이 미안해졌다.

"그동안 예산 견적서 보내실 때는 야근이나 인건비에 대한 내용이 빠져 있었습니까?"

"저희만 그런 게 아니라 다른 회사들도 그렇죠. 어떻게라도 일을 얻어 와야 하니까요. 이 바닥이 야근이 많은 건 오래한 사람들이라면 누구나 다 알고 있지만, 젊은 친구들은 그렇지 않거든요. 일한 만큼 가져가야 하는데 그걸 충족시켜 주지 못하면 바로 그만둬 버립니다. 그리고 이 바닥이 요즘 조금씩 바뀌고 있지 않습니까."

"그렇습니까?"

"C AD하고 일하는 곳 보면 전부 일한 만큼 가져가고 있거든요. 그러다 보니까 광고 일 하고 싶어 하는 친구들은 가장 우선순위로 C AD나 관련된 회사들로 가려고 하죠."

우병찬은 동감한다는 듯 고개를 끄덕거렸다. 자신만 하더라도 C AD를 만난 뒤 TX도 C AD와 같은 회사가 되었으면 좋겠다고 생각했었다.

'C AD 영향력이 우리 협업체들한테까지 뻗쳐 있었군.'

씁쓸하기는 했지만 한편으로는 C AD의 성공 요인 중 한 가지를 찾은 것 같아 약간은 만족스러웠다. 살아 숨 쉬는 기업이 되려면, 정말 사람처럼 생각하고 협업체들도 사람으로 대우를 해줘야 했다. TX도 지금 C AD가 그러고 있는 것처럼, 협업체에 대한 대우를 바꾸는 것부터가 우선이었다.

"저희는 그 약속만 지켜주시면 같이하겠습니다."

"약속하겠습니다. 그럼 조금 서둘러 주시면 안 되겠습니까? 먼저 예산 견적서부터 새로 보내주시죠."

"네?"

"블랙 촬영 부탁드리겠습니다."

그때 우병찬의 옆에 있던 팀장의 휴대폰이 울렸고, 팀장은 휴대폰을 우병찬에게 보여주었다. 번호를 본 우병찬은 미소를 지으며 휴대폰을 건네받았다.

*　　　*　　　*

한겸은 한숨을 뱉으며 범찬을 쳐다봤다. TX에 관해서 믿고 일을 맡겼더니 이상한 짓만 하고 있었다. 그래도 제작에 관한 일은 제대로 하고 있었다. 지금도 자신을 제외한 팀원들이 열심히 기획 회의를 하고 있었다.

"블루에서 블랙 넘어가는 연결 신은 이게 최고인 듯?"

"나도 범찬이 말에 동의. 수정이는?"

"나도 그게 가장 괜찮은 것 같아. 아주 우연찮게 내놓은 의견치고는 괜찮은 거 같아."

"야! 우연이라니! 내가 그 아이디어 짜내느라고 바다에 관련된 영상만 수백 개는 본 거 같아!"

"네가 본 건 해변가에 비키니 영상이고."

멀리서 듣던 한겸도 범찬이 내놓은 의견이 꽤 괜찮다고 생각했다. 바닷속에서 촬영하던 휴대폰을 놓치고, 그 휴대폰이 바닷속 깊이 가라앉으며 점점 검은색으로 화면이 바뀌는 설정이었다. 그리고 검은 화면에서 별빛이 하나씩 뜨면서 우주로 화면이 바뀌는 기획을 내놓았다. 아직 그래픽 작업을 한 것은 아니라서 눈으로 볼 순 없었지만 꽤 괜찮다고 느껴졌다.

"이게 최고지! 바닷속에서 떨어뜨려도 고장 나지 않는 튼튼한 DIO80! 짧은 씬 하나에 얼마나 많은 의미가 담겨 있어."

"어차피 설정된 영상이라고 알려야 되네요. 그래도 뭐, 이게 최선인 거 같아."

"크크, 당연하지! 휴, 이제 연결 신도 다 완성했으니까 TX에서 연락만 오면 되는데. 이럴 게 아니지. 지금 몇 시지?"

"하지 마."

"시간 물어보니까 뭘 하지 마야."

"너 또 전화하려고 그러잖아. 왜 시간마다 전화해서 미친 짓 해. 아니, 넌 진짜 미친 거 같아."

"네가 해볼래? 아니면 종훈이 형이? 그것도 아니면 다른 분들이? TX 반응 보면 매 시간 기다릴 건데."

한겸의 옆에 자리한 임 프로 역시 회의 내용을 듣고 있었다. 그런 임 프로는 난감해하는 표정으로 한겸을 보며 말했다.

"김 프로님, 죄송합니다."

"뭐가요?"

"최 프로님 믿어보라고……."

"아……."

"저렇게 이상한 짓을 할 줄은 몰랐습니다! 그냥 대놓고 항의를 하면 되는데 왜 저렇게 장난처럼 하시는 건지. 정말 저러실 줄은 몰랐습니다!"

한겸은 고개를 끄덕여 동의했다. 그래도 범찬의 성격을 알고 있었던 한겸은 어느 정도는 이해하고 있었다.

"범찬이가 남한테 싫은 소리를 대놓고 잘 못 해요. 화도 잘 못 내고."

"대신 남 화나게는 잘하시잖습니까."

"그래서 지금 특기 발휘하는 중일 거예요."

"매 시간마다 전화해서! 이상한 말만 하시고 끊어버리시고!"

"그런데 그게 통할 거예요."

"네?"

"범찬이가 장난처럼 말을 해도, 거기 안에 지금 우리의 위치와 TX의 위치를 제대로 파악해서 그걸로 장난치고 있잖아요. 우리가 정말 다른 회사랑 일하면 TX는 앞으로 더 힘들어질 거고요."

"그러다가 아무 회사나 데려오면 그게 더 문제 아닙니까?"
"그럼 수정이가 그걸 바로 문제 삼을 거예요."

임 프로는 고개를 갸웃거리며 한겸을 봤다.

"방 프로님이요?"
"네, 종훈이 형하고 수정이가 혹시 몰라 Do It 스케줄 알아보고 있더라고요."
"헐! 진짜 TX 버리실 셈이었어요?"
"혹시 모를 상황에 대비하는 거겠죠. 만약에 다른 회사랑 하면 기획까지 새롭게 짜야 되는데 그러고 싶진 않을 거예요. 그냥 거짓말에 사실을 조금 섞은 거죠. 그래야지 거짓말이 완성된다는 거 아시죠?"
"저… 무서운 사람들… 그럼 잘되겠죠? 어? 그런데 김 프로님은 뭐가 걱정이세요?"
"아, 걱정은 아니고요. 전 단지 TX가 얼마나 바뀔지가 궁금해서요. 시간이 너무 짧았던 건 아닐까, 라는 생각이 들어요. 이번은 협업체들 조건대로 진행되더라도 다음에도 제대로 된 대우를 제대로 해줄지 약간 의문이더라고요. 그 부분을 조금 확실히 해줬으면 했는데."
"그건 TX 문제죠!"
"그렇죠. 그래도 제작 환경이 좋아지면 좋은 광고가 나올 확률이 높아지잖아요. 그게 또 공부가 되는 거고."

임 프로는 말없이 한겸을 물끄러미 쳐다봤다. 자신보다 어리지만 확실히 광고에 대해 생각하는 깊이가 달랐다. 한겸뿐만이 아니라 다른 기획 팀원들도 빈틈없이 일을 해나가고 있었다. 다만 히죽 웃으며 전화를 거는 범찬의 모습만은 적응이 되지 않았다. 아니나 다를까, 전화를 걸더니 또 이상한 연기를 하기 시작했고, 임 프로는 그 모습을 보지 않으려 고개를 돌렸다. 그러자 한겸이 가볍게 웃으며 말했다.

"지켜보자고요. 범찬이가 자기가 맡은 건 잘해놓잖아요."

한겸과 임 프로는 범찬이 또 어떤 말을 할지 지켜봤고, 범찬은 미리 구상을 해놓았는지 말을 뱉기 시작했다.

"뭐라고? 한성에서 우리랑 꼭 하고 싶다고 그랬다고? 언제까지 기다린대? 내일까지? 한성이면 슬슬 떠오르고 있는 곳인데 지고 있는 TX보다 낫지."

모든 기획 팀원들이 아무런 말 없이 범찬의 행동을 지켜보기만 했다. 그때, 항상 자기 할 말만 하고 전화를 끊던 범찬이 갑자기 상대방과 대화를 하기 시작했다.

"여보세요? 진짜요? 어? 그런데 제작 팀 문제는 어떻게… 네, 뭐… 놀라긴요. 아닙니다. 알겠습니다."

전화를 끊은 범찬은 심각한 표정으로 고개를 숙였다. 그러자 팀원들이 몰려들었고, 특히 걱정이 많던 종훈이 가장 먼저 범찬에게 물었다.

"뭐라는데? 혹시 진짜 다른 회사랑 해야 되는 거 아니지? 야, 왜 말이 없어! 말을 해봐!"

"어… 큰일 났어요……."

"아이 씨, 그러니까 너무 그렇게 많이 하지 말라니까."

"큰일이다……."

"왜! 왜 그러는데!"

"이 재미있는 걸 이제 못 하게 됐어요."

"어?"

범찬은 고개를 들더니 씨익 웃으며 팀원들을 주욱 쳐다봤다.

"크크, 해결됐어요! 예정대로 내일 바로 촬영 들어간대요!"

"진짜? 그런데 제작 팀은 어디로?"

"하늘 프로덕션 그대로요. 지금 하늘 프로덕션에 찾아간 걸로 보이던데."

"어! 잘 해결됐나 보네."

"푸하하. 전화받은 사람이 그 총괄 기획 팀장인가 그 사람 같은데, 아주 의기양양하게 말하더라고요. 우리 TX는 약속을 중요시하는 회사입니다. 그리고 하늘 프로덕션과는 잠시 오해가 있었지만 지금 대화를 통해 전부 풀린 상태입니다. 차질 없이 준비되었으니 걱정하지 마시죠! 크크크, 아주 말만 들어도 뿌듯해하는 거 같더라. 고생 좀 하다가 조금 전에 해결 본 듯?"

"휴, 다행이다. 그럼 잘된 거겠지?"

"잘됐으니까 그렇게 뿌듯해하죠. 아, 스피커폰으로 해서 들려줄걸! 아무튼 내일 촬영장 가야 되니까 나랑 박 프로님이 촬영장 가는 걸로!"

멀리서 범찬의 말을 들은 한겸은 미소를 지으며 임 프로를 봤다.

"잘 해결됐네요."

"휴, 뭐 촬영장을 가서 직접 봐야지 바뀐 걸 알 수 있을 거 같긴 한데… 그래도 최 프로님이 저렇게 말하는 거보면 잘 해결된 거겠죠?"

"범찬이가 내일 촬영장 다녀오면 다 말해줄 거예요. 화이트 추가 촬영 스키장 섭외는 어떻게 됐어요?"

"지금 스키 오프 시즌이랑 맞물려서 생각보다 쉽게 됐습니다. 그런데 시간 괜찮으시겠어요?"

"첫 단추를 잘 껴야 하니까 제가 가는 게 맞는 거 같아요."

"저도 그게 좋을 거 같습니다. 그나저나 TX에서 이상한 말 할까 봐 조마조마했는데 이제 조금 걱정이 가시네요."

임 프로가 고개를 끄덕여 동의할 때 사무실 문이 열리더니 플랜 팀의 연 프로가 들어왔다. 그 모습을 보던 한겸은 임 프로를 보며 말했다.

"이제 우리 걱정할 시간이네요."

*　　　　　*　　　　　*

대만 분트의 광고가 TV는 물론이고 IPTV, 인터넷에 동시다발적으로 게재되기 시작했다. 대만의 TV 채널마다 분트의 광고가 나왔고, 같은 분트 광고라고 해도 채널마다 모델이 다른 광고가 나왔다. 때문에 한겸은 기획 팀 사무실이 아닌 플랜 팀에 자리해 결과를 확인하고 있었다.

"연 프로님, CTV에서는 이제 8개 돌려서 나오는 거 맞죠?"

"맞습니다. 오늘 하나 나왔고, 이따 9시에 하는 예능 앞뒤로 두 개 나오고, 나머지는 순차적으로 계속 돌아가면서 나올 겁니다."

한겸은 고개를 끄덕거리며 TV에 나온 광고들을 확인했다. 백여 개의 모자이크에서 픽셀 하나가 튀어나오며 광고가 시작되었다. 온전히 색이 보이는 광고는 아니었지만 고객들이 만족해하는 모습들은 진짜였다. 설정으로 만든 광고가 아닌 고객들 스스로가 만든 광고였다.

한겸이 광고들을 살펴보며 촬영 당시를 떠올리고 미소 지을 때, 임 프로가 연 프로에게 질문을 던졌다.

"반응은 아직이죠?"

임 프로의 질문에 플랜 팀 직원들이 한겸의 눈치를 봤다. 한겸도 그것을 느끼고는 의아한 표정으로 입을 열었다.

"반응이 별로예요?"
"별로라기보다는… 아직 광고 초반 단계이기도 하고……."
"초반이 가장 중요한데요. 아까 제가 확인했을 때는 사람 냄새 나서 좋다는 얘기들이 있던데요."
"그게 광고 자체는 그런데 광고 얘기가 아닌 엉뚱한 얘기들이 나오더라고요."
"어떤 얘기인데요?"
"저도 대만 랩사에서 전해 들은 건데 분마 얘기가 너무 많이 나온답니다."
"아, 분마 얘기."
"아세요?"
"그냥 분마가 분트 캐릭터니까 얘기가 나오겠다고 생각했죠. 어떤 얘기들인지 자세히 알 수 있을까요?"

플랜 팀 직원은 조심스럽게 한겸에게 모니터를 보여주었다.

—분마는 안 나오네?

—분트 광고라고 해서 분마 나올 줄 알고 찾아봤는데 실망했다.

—분마는 그때 그 뒷모습 나오고 끝임?

—분마 안 나와서 보다 끔.

"김 프로님, 좋은 말들도 많은데 이건 다 안 좋은 반응만 모아놓은 겁니다."

"네, 괜찮아요. 후, 분마 얘기가 이렇게 많았네요."

"HT 플리 마켓에서 분마 인기가 아직도 엄청나니까요. 박재진 씨 노래만 봐도 내려올 줄 모르잖아요."

플리 마켓의 인기가 좀처럼 사그라지지 않았다. 날이 갈수록 플리 마켓 사용자들이 늘어나면서, 이용자들에게 무료로 배포되는 분마 캐릭터로 인해 분마를 모르던 사람들까지 분마에 대해 알게 되었다. 그러다 보니 분마의 인기도 식을 줄 모르고 있었다.

한겸은 자신이 만든 광고로 인해 지금의 광고가 빛을 발하지 못하는 아이러니한 상황에 웃음이 나왔다. 그러자 임 프로가 걱정하는 표정으로 조심스럽게 입을 열었다.

"김 프로님, 제가 괜한 걱정을 하는 걸 수도 있는데 혹시라도 백 명의 고객 광고 인기 못 끌면 어쩌죠?"

"음, 대만 분트에서도 최종 컨펌에서 만족했는데 어떤 부분을 말씀하시는 거예요?"

"그거야 그렇지만 아무래도 광고인데 효과가 없으면 분트에서 항의를 할 수도 있고… 이 바닥이 원래 그렇잖아요. 아무리 광고주한테 오케이를 받았다고 그래도 최종적으로 결과가 좋아야지 광고주도 만족해하니까요. 다른 말이 나올 수도 있고요……."

한겸은 임 프로를 물끄러미 쳐다봤다. 임 프로의 말도 일리는 있었다. 하지만 한겸은 크게 걱정되지 않았다. 지금 내보내는 백 명의 고객들로 만든 광고들은 전체는 아니더라도 일부분 색이 보이는 광고들이었고, 어떤 광고들보다 오랜 시간 공을 들인 광고였다. 한겸은 불안해하는 임 프로를 보며 입을 열었다.

"정말 열심히 만들었는데 사람들도 이제 알아줄 거예요."

"열심히 만든 거 아니까 더 걱정이죠. 그래도 분마 인기가 너무 좋다 보니까 앞으로 분트하고 관계는 걱정 없겠죠?"

임 프로는 불안하다는 표정으로 모니터를 쳐다보고 있었다. 한겸은 그런 임 프로를 조용히 불렀다.

"임 프로님."

"네."

"요즘 재미없으세요?"

"네?"

"지금 임 프로님 보면 같이 노는 게 아니라 걱정만 하는 거 같아서요."

"아……."

"우리 이 광고 만들었을 때 힘들긴 했어도 재미있게 만들었잖아요. 그러니까 사람들도 알아줄 거예요."

임 프로는 어색한 미소를 지었다. 자신이 기획 팀이 오게 된 이유가 같이 놀자는 카피 덕분이었는데, 최근 들어 계속 걱정만 하고 있다는 걸 자신도 알고 있었다. 자신도 같이 놀고 싶지만 사무실 일을 하다 와서인지 걱정이 쉽게 가시지 않았다. 지금도 마음으로는 걱정을 떨쳐내려 하지만 눈은 사람들의 반응이 적힌 모니터에 향해 있었다.

*　　　　*　　　　*

사무실에 자리한 한겸은 대만 분트 광고에 대한 반응을 확인 중이었다. 다른 팀원들이 DIO에 관련된 일을 하느라 시끄러웠기에 그곳에도 신경이 쓰였지만, 광고 게재가 시작된 이상 반응을 살피는 것이 우선이었다.

"김 프로님, 하루 지났는데도 이렇다 할 반응이 없네요."

"네, 그러네요."

"확실히 분마 때하고 다릅니다. 분마 때는 국가 대항전이다 뭐다 해서 한국 Y튜버들도 영상 퍼 나르기 바빴는데 지금은 엄청 조용하네요."

임 프로의 말처럼 분마 때 영상과 확실히 차이가 났다. 분마의 영상과 HT의 광고 때는 크리에이터들이 관심을 보이며 자신들의 채널에 광고 영상을 올렸는데, 지금은 분트에 대한 언급조차 없었다.

"이제 하루 지났으니까 올라오겠죠. 임 프로님은 대만 사람들 반응보다 한국 Y튜버 반응이 신경 쓰이세요?"
"그럼요. Y튜버들이 올리는 영상 보면 사람들이 관심 있다는 거잖아요. 그래야지 자기 영상 조회수가 올라가니까요. 그런데 우리 광고는 그에 합당하지 못했다는 거잖아요."
"그럴 수도 있겠네요."

임 프로는 한겸을 가만히 쳐다봤다. 그러자 한겸이 의아한 표정으로 물었다.

"왜 그러세요?"
"김 프로님 지금 꼭 남 일처럼 말씀하시는 거 아세요?"
"그랬어요?"
"제가 걱정을 안 하려고 하는데 저마저 안 하면 안 될 거 같아서 자꾸 걱정하게 되네요."

한겸은 가볍게 미소를 짓고는 입을 열었다.

"임 프로님 마음은 아는데 너무 걱정하지 않으셔도 돼요."

"제가 보조로 참여하긴 했어도 처음으로 C AD 기획 팀으로 참여한 광고인데 어떻게 걱정을 안 합니까……."

"아, 그래서 그러시구나. 그런데 지금 광고는 반응이 빨리 오면 그게 더 문제예요."

"네?"

"이번 광고는 분트의 이미지를 홍보하는 광고잖아요. 이런 광고는 한 번에 터뜨리기보다는 꾸준하게 노출을 하는 게 좋아요. 너무 빨리 인기를 얻으면 그만큼 이미지를 빨리 소비하게 되거든요. 그래서 광고 편성도 하루에 3편 정도가 가장 많잖아요. 그것도 점점 줄어들면서 하루에 한 편 정도가 될 거지만."

"그래도 기왕이면 인기 있는 게 좋을 거 같은데요. 그래야지 분트 매출 변화도 눈에 보이고……."

"매출은 분마 때문에 충분히 오른 상태잖아요. 분트 입장에선 더 올리고 싶겠지만, 그보다는 현상 유지가 더 중요하다고 보여요. 그리고 지금 광고는 대만 분트가 운영을 잘하고 있구나, 그래서 분마가 할 일이 없었구나, 라는 걸 보여주는 거고요. 이제 분트를 이용하며 만족해하는 사람들이 많아질수록 우리가 어떤 걸 말하려고 했는지 알 거예요. 지금은 꾸준히 노출하는 게 더 중요해요. 그리고 만약에 큰 효과가 없더라도 분트에서 저희를 내치진 못할 거예요."

"분마 때문이겠죠?"

"그렇죠. 그러니까 우리는 모니터만 하면 될 거 같아요."

"그럼… 그렇게 바쁘진 않겠군요. 그럼 저희도 이제 DIO에 합류하는 건가요?"

"그래야죠. 내일 화이트 촬영장 가기로 했잖아요. 그러니까 분트 반응은 시간을 두고 천천히 보자고요."

한겸의 설명을 들은 임 프로는 멋쩍은 표정으로 수긍했다. 사실 한겸도 조금은 걱정되긴 했다. 사실이기도 했지만, 임 프로를 안심시키기 위해서 말한 것도 있었다. 색이 보였던 광고인데 너무 반응이 없다 보니 스스로 위안을 삼기 위해 뱉은 말이기도 했다.

'분마에 너무 힘을 준 게 이렇게 돌아오네. 후, 분마 인기가 좀 식은 뒤에 내보냈어야 했나.'

안타깝기는 했지만 아직 결과가 제대로 나온 것도 아니었기에 한겸은 괜한 걱정은 하지 않기로 했다. 걱정할 시간에 광고가 제대로 나오고 있는지 확인하는 게 나을 거라 생각하며 모니터를 봤다. 그때, 사무실 문이 열리며 범찬이 들어왔다. 한겸은 시간을 확인하고선 의아한 표정으로 말했다.

"벌써 끝났어?"

"야, 외근 나갔다 온 사람한테 그게 무슨 망발이야. 수고했다고는 못 할망정 벌써?"

"수고했어. 그런데 촬영장에서 무슨 문제 있었어?"

"무슨 일? 왜? 사무실에 무슨 연락 왔어? 그럴 리가 없는데? 박 프로님, 아까 무슨 문제 있었어요?"

범찬은 함께 촬영장에 다녀온 팀원에게 물었고, 팀원도 모르겠다는 표정으로 고개를 저었다.

"아니, 너무 일찍 와서 그런 거야."

"아, 그거? 촬영장에선 뭐 할 게 없었어. CG 작업하게 모션 따고 끝났지. 나머진 CG 작업해서 보내주기로 했어. 그나저나 촬영장 가서 개당황했네."

"왜?"

"DIO에서도 담당자 나왔는데 TX에서 총괄 기획 팀장 그 사람도 왔더라고."

"많이 왔었네. 관계자들 오는 건데 뭘 당황해."

"내가 촬영장 다니면서 처음 보는 광경을 봤거든. 우리도 이제 그래야 되는 거 아닌지 몰라. 그렇게 되면 다 너 때문이니까 네가 다 책임져라."

범찬의 말이 끝나자마자 박 프로가 말을 보탰다.

"TX가 많이 바뀐 거 같더라고요. 아침에는 커피 트럭 보내줬는데 오후에는 식사 트럭을 보내줬어요. 그거 제작비에서 나간 게 아니라 TX에서 직접 보낸 거라고 하더라고요."

"잘됐네요. 그런데 그게 당황할 만한 일이에요?"

"아, 그거요. TX 총괄 팀장 때문에 그럴 거예요. 최 프로님 들으라고 하는 건지 계속 소리치더라고요. 우리 TX가 앞으로 현장 지원 철저하게 하겠습니다! 다른 대행사는 하지 않는 일이라고 자랑하고 그러더라고요. 하늘 프로덕션 사람들도 처음 겪어봐서 그런지 막 어색해하는데도, 최 프로님만 보이면 그렇게 소리치더라고요."

"하하, 범찬이 전화 때문에 약 올랐었나 보네."

범찬은 굉장히 억울하다는 듯한 표정으로 말했다.

"더 했어야 했어. 한 시간이 아니라 30분 단위로 했어야 했어!"

"더하긴 뭘 더해. 너 때문에 좋게 변한 거 같은데."

"변하긴 했는데 그게 하늘 프로덕션한테 좋은 거지 나한테 좋은 건 아니지! 최종적으로 내가 뭔가 밀린 것 같아. 다음번엔 우리가 밥차를 준비하는 게 어떨까?"

"이상한 소리 하지 말고. 그래서 분위기는 어때?"

"커피 차랑 밥차 보낸 거 보면 말 끝났지. 아주 TX하고 하늘 프로덕션 사람들이 자기들끼리 으샤으샤 하느라고 우리는 꿔다놓은 보릿자루처럼 여기더라. 그러고 보면 진짜 어이가 없어. 저렇게 조금만 잘해주면 목숨이라도 내놓을 것처럼 일하는데 그게 그렇게 어려웠었나? 진즉에 좀 잘해주지."

"잘 풀렸으면 됐네. 그래서 다른 촬영들은?"

"넌 내일인 거 알지? 그리고 블루에서 블랙 연결 신은 인도네시아 가야 돼서 일주일 뒤. 그런데 꼭 해외 촬영 갈 필요 있냐? 그냥 바닷속만 찍을 건데. 어? 갑자기 기분이 묘하네. 뭔가 보고하는 느낌인데? 너도 내일 갔다 와서 꼭 보고해라."

"알았어."

"그런데 방 PD님 무슨 일 있어? 야, 방수정, 방 PD님 어디 편찮으서?"

한겸은 고개를 갸웃거리며 수정을 봤다. 하지만 수정도 모른다는 듯 고개를 갸웃거렸다.

"아빠가 왜?"

"총괄이라고 오셨는데 평소하고 다르게 참견도 안 하시고 그냥 촬영장 이리저리 둘러보기만 하시더라고."

"이상하네. 죽인다고 어제부터 준비했는데."

"어? 누굴 죽여."

"아니야."

한겸도 방 PD의 일이 궁금했다. 전화를 해볼까도 했지만 연락해서 어떤 말을 꺼내야 할지 떠오르지 않았다.

'내일 직접 보고 얘기해 봐야겠네.'

한겸이 방 PD에 대해 생각할 때, 사무실 문이 벌컥 열리며 우범이 들어왔다. 그러자 범찬이 어느 때보다 반갑게 우범을 맞이했다.

"우리 C AD에서 새롭게 떠오르는 AE인 저를 보러 오셨습니까?"

"사무실에서 얘기 들었다. 고생했다."

"그게 다예요?"

"너도 무슨 사고 친 거라도 있는 건가?"

"와! 저를 뭐로 보고! 완전 억울하네! 그런데 '너도'라고요? 누가 사고 쳤어요?"

"그거 때문에 왔다. 김 프로, 너도 와서 이것들 좀 봐라."

범찬의 장난에 웃을 만도 했는데 우범은 그러지 않았다. 우범이 딱딱하긴 해도 저 정도는 아니었기에 한겸은 의아한 표정으로 우범에게 다가갔다.

*　　　*　　　*

우범은 가지고 온 태블릿 PC를 내밀었고, 한겸을 비롯해 기획 팀원 모두가 화면을 들여다봤다. 하나의 기사였다. 그리고 그 기사는 한겸의 표정을 일그러뜨렸다.

"하……."

한겸도 전혀 예상하지 못한 상황에 아무런 말을 하지 않았다. 그러자 뒤에 있던 범찬이 기사를 다시 읽기 시작했다.

"속보, US의 키오 마약 혐의로 입건? 키오? DIO80 화이트 모델인 키오 말하는 거 맞지?"

"어."

"이 미친 새끼! 왜 갑자기 마약을 한 거야! 왜 지금! 내일 촬영 날아갔네!"

같이 기사를 보던 수정도 심각한 표정으로 입을 열었다.

"내일 촬영이 문제가 아니지. 화이트 아예 새롭게 찍어야 되는데 일정 전체가 꼬여 버리게 돼."

"아, 내 아파트!"

"지금 그런 말을 하고 싶냐? 어휴, 아무튼 그나마 광고 나오기 전에 사건 터진 게 다행이지. 만약에 광고 내보내기 시작했는데 사건 터져 봐."

묵묵히 화면을 보던 한겸은 고개도 돌리지 않고 입을 열었다.

"이미 광고 중이었어."

"뭐? 무슨 광고? 우리 모르는 사이에 다른 회사에서 광고하고 있었어?"

"영상 광고 말고 노래로 말이야."

"아, 노래. 그러네… 박재진 씨하고 경쟁하던 게 DIO80 화이트 노래였지."

한겸은 한숨을 푹 뱉고선 우범을 봤다. 우범도 아직 해결책이 없는 것처럼 보였다. 한겸은 혹시나 하는 마음에 질문을 던졌다.

"혐의를 받는 거지 확정은 아니죠?"

"기사에는 혐의라고 나왔지만 확실하다. 기사는 아직이지만 곧 양성반응 나왔다고 올라올 거다. 그리고 키오 그 사람도 시인을 한 모양이더군."

"DIO에서 연락 왔어요?"

"조금 전에 왔다. DIO에서 알아보고 알려준 거다. 지금 미국에서 언팩 행사 중인데도 연락 온 걸 보면 DIO도 급했던 거 같다. 그래서 일단 스키장 섭외는 취소했다."

"계약금 날렸겠네요."

"그렇지. 그리고 다음 주까지는 촬영 가능하다고 했다. 그 다음부터는 아예 스키장 오프 하고 다른 레저 운영한다고 했다. 그래서 결정을 빠르게 하는 편이 좋을 것 같더군."

"후… 언팩 행사는 잘했대요?"

"그저 DIO80에 대한 소개를 하는 자리니까 특별한 건 없었던 모양이다."

한겸은 인상을 찡그렸다. 마약 혐의를 받는 것만으로도 이미지가 훼손되지만, 무혐의라면 광고에 지장은 없었다. 물론 마약 혐의를 받았다는 이미지를 씻어내야 했기에 또 다른 일을 해야 했을 테지만, 광고를 엎는 것보다는 나을 것 같았다. 하지만 확정이 된 이상 아예 새롭게 촬영하는 방법밖에 없었다. 한겸은 한 손으로 얼굴을 비볐다.

"아, 이 쓰레기 같은 새끼가… 하아."

한겸의 입에서 욕이 나오자 주변에 있던 모두가 입을 벌릴 정도로 놀랐다.

"헐… 겸쓰가 욕했다……."
"아니야. 그냥 생각하던 게 틀어져서 그래."

키오가 처음부터 마음에 드는 것은 아니었다. 하지만 일부분에서 색이 보이는 장면이 있었기에 그 부분을 이용한다면 색이 보이는 광고가 될 수도 있겠다고 기대하고 있었다. 그런데 키오의 일이 터지면서 그럴 수 없게 되자 한겸은 욕이 입 밖으로 나올 만큼 화가 났다. 한겸은 잠시 숨을 고른 뒤 자신의 눈치를 보는 사람들에게 사과부터 건넸다.

"후우, 죄송해요. 시간이 없다 보니까 짜증이 났어요. 그런데 대표님, DIO에서는 뭐라고 그랬어요? 자기들이 다시 모델 선정해서 알려준대요?"

"그게 문제다. 우리한테 화이트에 맞는 모델들의 리스트를 요구하더군. 일단 사무실 직원들이 리스트를 뽑고 있다."

"후, 키오 그 사람은요? 소송 걸겠죠?"

"아마도 그럴 거 같다. 계약서에도 계약기간 내 품위 유지 약정이 들어가 있으니까."

"두 배 배상이죠?"

"맞다. 모델료가 3억 5천이었으니까 7억을 뱉어내야 할 거다. 아마 정식 광고가 아닌 탓에 배상금은 줄어들겠지만 DIO에서 물고 늘어질 거다. 이미지를 올려야 할 판국에 이미지가 깎이게 됐으니 그럴 수밖에."

"모델료를 한 50억 정도 주지. 확 망해 버리게."

광고 모델 계약서에는 대부분 계약기간 동안 광고에 적합한 긍정적인 이미지를 유지함으로써 그것으로부터 발생하는 구매 유인 효과 등 경제적 가치를 유지하여야 할 계약상 의무, 이른바 품위유지의무가 있었다. 한겸은 이 부분을 얘기하며 자신의 기분을 표현했다.

기획 팀원들은 뒤끝을 보이는 한겸의 모습에 다들 눈치만 봤다. 한겸도 지금 상황이 아쉬워서 한 말이었다. 한겸은 그 말을 끝으로 잠시 동안 아무런 말이 없었다. 그러자 범찬이 한겸의 눈치를 보며 입을 열었다.

"너답지 않게 왜 화를 내고 그래."

“화 안 났어. 그냥 조금 짜증 나서 그렇지.”

“다들 놀래서 너만 보고 있잖아. 기분 풀어. 내가 다 해줌.”

“뭔 소리야. 갑자기 뭘 다 해줘?”

“그거 해준다고.”

“그러니까 그게 뭔데.”

“야 이! 척 하면 알아들어야지. 아오, 이걸 내 입으로 뱉을 줄이야. 포토샵 해준다고.”

“아.”

범찬의 말을 들은 한겸은 화이트 광고를 떠올렸다. 이미 색이 보이는 장면이 있었다. 만약 모델만 제대로 찾아서 같은 상황만 연출한다면 또다시 색이 보일 확률이 높았다. 생각을 마치자 한겸은 곧바로 우범을 보며 말했다.

“일단 화이트 스케줄은 미뤄야겠네요.”

“TX에도 연락해 놓은 상태다.”

“그리고 모델 리스트는 한 명만 뽑혀도 일단 주세요. 저희도 어울리는 모델 찾아볼게요.”

“알겠다. DIO에서는 아이돌을 원하니까 아이돌 중에서 고르도록 하고.”

주 고객을 젊은 층으로 겨냥했으니 당연한 것이었다. 한겸은 잠시 시간을 확인하고선 곧바로 입을 열었다.

"다들 하던 일 멈추고 식사부터 하고 오세요."
"갑자기……?"
"오늘 작업 늦을 수도 있으니까 간식 드실 분은 간식거리도 사 오시고요."

범찬은 자신도 모르게 흠칫 몸을 떨었다. 그것도 잠시, 갑자기 실실 웃기 시작했다. 그 모습을 본 한겸은 양손을 들어 올리며 어깨를 으쓱거렸다.

"꼭 우리만 하라는 법 없지?"
"우리가 해야지 누가 해."
"크크, 우리 총괄이잖아. 그러니까 TX에 작업 요청해도 되잖아."
"괜찮겠네. 네가 연락해 봐."
"오케이!"

범찬은 자신 있다는 표정으로 주먹까지 쥐어 올렸다.

* * *

늦은 밤이었지만, C AD의 건물 전체에는 환하게 불이 켜져 있었다. 그렇다고 시끄럽게 의견이 오가는 것은 아니었다. 각자 자리의 컴퓨터 앞에 앉아 손만 열심히 움직이고 있었다. 뱉은 말이 있었기에 가장 열심히 작업하던 범찬이 기지개를 켜며 조용히 말했다.

“아오, 내가 무슨 말을 한 거야. 설마 이 짓거리를 또 할 줄이야!”

그러자 옆에서 작업하던 임 프로가 궁금하다는 표정으로 입을 열었다.

“최 프로님, 이게 뭐 하는 걸까요. 직접 미팅하는 것도 아니고.”

“이거 이렇게 해야 돼요.”

“전부 비슷해 보이는데…….”

“겸쓰가 보면 조금씩 다르대요. 그리고 아마 그 뭐지? 징크스 같은 거 같아요.”

“징크스요?”

“이렇게 해서 모델 고르면 무조건 성공이거든요. 재진 형님도 이렇게 해서 뽑았잖아요. 재진 형님만 그런 게 아니라 그 DH은행 광고 모델 뽑을 때 서승원 그 사람도 이렇게 뽑았고, 아무튼 죄다 이렇게 뽑았어요. 이렇게 뽑으면 실패를 안 하더라고요. 사무실에 계실 때 이런 줄 몰랐어요?”

“후… 전 모델을 조사해서 컨택하는 줄 알았습니다.”

“조사도 하죠. 일단 이렇게 해보고! 지금은 그나마 TX하고 사무실에서 도와줘서 모델 조사까지는 안 해도 되니까 다행인 거예요. 후우, 겸쓰가 화내는 걸 처음 봐서 나도 모르게 한다고 했네."

임 프로는 고개를 돌려 한겸을 힐끔 쳐다보더니 조용하게 말했다.

"아무래도 심적 부담감이 있으신 모양입니다."
"겸쓰가요? 그럴 놈이 아닌데?"
"대만 분트 광고 반응이 썩 좋은 편이 아니라서요. 아마 그거 때문에 민감하신 거 같습니다."
"에이, 설마요."

그때, 사무실 직원인 장 프로가 기획 팀을 찾아왔다. 그러고는 곧장 한겸에게 향했다. 그 모습을 본 범찬은 또 올 것이 왔다는 듯 몸을 부르르 떨었다. 하지만 장 프로의 입에서 나온 말은 범찬의 예상과 달랐다.

"김 프로님, 오늘은 이게 마지막 추천 모델이 될 것 같습니다."

팀원들이 작업해서 보낸 결과물을 보던 한겸은 고개를 들어 장 프로를 쳐다봤다.

"무슨 말이에요?"
"조건에 적합하는 모델이 그렇게 많진 않습니다."

"조건에 맞는 모델이 그렇게 없나요?"

"인기가 있는 아이돌이 그렇게 많은 편이 아닙니다. 그런데 그중에서 또 스키나 보드를 탈 수 있어야 하니까 소속사에 연락을 해야 되는데 지금은 시간이 많이 늦었습니다. 그리고… 사실은 내일도 힘들 것 같고요. 저희가 추천하는 모델들이 많진 않을 것 같습니다."

"음… 마약 같은 거 안 한 사람이 그렇게 없어요? 가수들이 죄다 마약 할 건 아니잖아요."

"그 문제는 아니고요. 지금 해외 활동 중인 그룹도 있고, 화이트 음원을 새로 발매하려면 노래도 잘해야 하고요. 인기 있는 그룹이 한정되어 있다 보니까 모델 선정이 조금은 한정적입니다."

한겸은 이해했다며 고개를 끄덕거렸다. TX에서 보내온 모델들과 사무실에서 가져온 모델들만 해도 상당수가 겹치고 있었다.

"혹시 라온 이 부장님께 연락해 보셨어요?"

"네, 사실 월드 스타라고 불리는 후를 염두에 두고 연락을 드렸는데, 미국에서 활동하느라 힘들다고 하더군요. 게다가 다른 가수들 역시 조건에 맞지 않았고요. 아이돌은 아니지만 혹시나 해서 박재진 씨도 물어봤는데 스키를 한 번도 타본 적이 없다고 했습니다."

"남자 여자 구분할 필요 없는데."

"네, 그렇게 알아보고 있습니다."

"음, 알겠어요. 일단 저희도 찾아볼 테니까 사무실도 조금만 힘내주세요."

"알겠습니다. 그럼 수고하십쇼."

장 프로가 기획 팀을 나가자 한겸의 입에서 한숨이 나왔다. 사실 어느 정도 예상은 하고 있었다. 하지만 지금까지 색이 보이는 모델이 없었다. 아직 리스트에 남아 있는 모델들이 있었지만, 그 모델들에게서도 색이 안 보일 수 있었기에 더 많은 모델들이 필요했다.

한겸이 마음을 다잡고 지금 있는 모델들부터 확인해 보자고 생각할 때, 범찬이 의자를 끌고 한겸의 책상 앞으로 다가왔다.

"너, 대만 분트 반응 때문에 부담감 있냐?"

"뭔 소리야."

"그냥 그런가 해서."

"그런 거 아니야."

"그런데 오늘 왜 그렇게 까칠해. 사무실분들도 힘들게 일하는데 너답지 않게 까칠하네. 뭐, 그렇게 까칠하진 않았는데 너답진 않아서."

제대로 된 광고를 만들 수 있었는데 그러지 못하게 됐다는 아쉬움이 표출된 모양이었다. 남들이 느낄 만큼이라면 분명히 잘못된 것이었기에, 한겸은 마음을 다잡기 위해 억지로나마 웃음을 보였다. 그러자 범찬이 피식 웃더니 입을 열었다.

"지금 우리만 하더라도 모델 못 찾고 있잖아."
"그렇지."
"조건에 맞는 사람 찾기 어렵지. 10대, 20대에 인기도 있어야 되고, 또 노래도 잘해야 돼. 게다가 인성도 좋아야 되고 범죄자도 아니어야 하고 또 범죄 저지를 가능성이 없어야 돼. 아, 또 거기에 스키도 탈 줄 알아야 돼. 그런데 인기 있는 아이돌 수는 정해져 있어."
"알아, 어려운 조건이란 거."
"당연히 어렵지. 차라리 우리가 조건에 맞는 모델을 뽑아서 아이돌로 데뷔시키는 게 빠르겠다. 그럴 게 아니라 DIO에 연락해서 연습생들 뽑아서 데뷔시키자고 설득해 봐. 네가 남들 꼬시는 게 특기잖아. 나하고 같이 일하자고 할 때처럼 꼬셔보는 게 훨씬 빠를걸?"
"오."
"뭘 오야! 미쳤냐? 농담을 못 하겠네."

한겸은 범찬을 가만히 쳐다봤다. 그러고는 이내 양쪽 입꼬리가 슬슬 올라가기 시작했다.

"이 미친놈. 광고 하나 만들겠다고 그룹 만들어서 데뷔시키려고? 동네 사람들, 여기 미친놈 있어요!"

"그런 거 아니야."

"아니야? 그런데 왜 눈빛은 물 찾은 사슴처럼 반짝거려."

"만들까도 생각했는데 그러려면 시간이 너무 오래 걸리잖아."

"생각했다는 것 자체가 미친 거야. 아, 이제 헛소리도 조심해서 해야겠다. 넌 내 의견을 너무 잘 받아들인단 말이야."

"그런 거 아니라니까. 내가 잘할 수 있는 거 찾아서 웃은 거야."

"그게 뭔데? 광고 만드는 거?"

"그거 말고 설득."

"누굴 설득하려고?"

"DIO 설득해야지."

범찬은 이해하지 못했다는 표정으로 한겸을 위아래로 훑었다. 그러자 한겸이 씨익 웃으며 입을 열었다.

"조건만 맞으면 아이돌이 아니어도 될 것 같거든. 일단 모델부터 찾고, 모델 찾으면 DIO를 설득해야지."

"아……."

"야, 어디 가. 일단 넌 스포츠 스타 중에 조건 맞는 사람 찾아. 그리고 배우도 있고 개그맨도 있고 셀럽들 전부 포함시켜서 찾아보자. 시간 없으니까 서둘러."

한겸은 고민이 해결됐다는 듯 밝은 목소리로 기획 팀원들에게 지시를 내렸고, 범찬은 서둘러 휴대폰을 꺼냈다.

"TX 번호가……."

제2장

새로운 화이트 모델

그로부터 이틀 뒤, C AD 기획 팀은 여전히 같은 작업을 반복 중이었다. 다만 팀원들의 표정이 처음과는 달랐다. 어제까지만 하더라도 의욕이 넘쳐 있었는데 지금은 의욕보다 불안해하는 마음이 더 커 보였다.

모델 선정 범위가 늘어서 힘든 것도 있었지만 그보다는 여유 기간이 너무 없다는 것이 문제였다. 모델이 정해지더라도 바로 촬영에 들어갈 수 있는 것이 아니었다. 상대방이 거절을 할 수도 있었고, 만약 수락을 하더라도 계약을 하고 스케줄을 맞춰야 하는데 현재로서는 모델 선정도 하지 못한 상태였다.

모델을 물색하던 범찬은 하나를 완성했는지 의자를 끌고 한겸의 자리로 움직였다.

"메일 확인해."
"알았어. 다른 모델도 빨리 작업해 줘."

한겸은 쳐다보지도 않고 대답했다. 그러자 범찬이 주먹으로 한겸의 책상을 가볍게 두드렸다.

"이보세요."
"어? 왜, 무슨 문제 있어?"
"문제 있지. 네 꼬라지가 문제지."
"괜찮아. 일단 모델부터 찾고 씻으면 돼."
"넌 괜찮지! 너 지금 이틀째 집에 안 가고 밤새우니까 다른 사람들이 눈치 보잖아."
"어쩔 수 없어."
"시간이 없다니까. 며칠 뒤에 해외 촬영도 가야 되는 거 몰라?"
"아니까 빨리 찾으려고 그러는 거야."

한겸이 고집을 부리는 모습에 범찬은 한숨을 푹 쉬었다. 한겸이 마음먹은 이상 마음에 드는 모델을 찾아야 했다.

"스키 장면만이라도 대역으로 쓰면 얼마나 좋아. 그것도 안 된대! 대역으로 가능하면 엄청 많아지는데!"
"얼굴이 조금 나오잖아. 키오 그 사람도 얼굴 나왔었어."

"그 조금? 아주 조금? 어휴. 그나저나 뭐 제대로 된 사람이 없어. 우리 캠페인도 안 봤나, 뭔 놈의 음주 운전은 그렇게 많이 해. 게다가 좀 제대로 됐다 싶으면 스키를 못 타! 아니면 노래를 못 부르든가! 뭘 웃어. 네가 생각해도 어이없지?"

"조금만 더 고생해."

"양심이 없어. 네 말대로라면 어디 가서 사고 안 치게 집에만 있어야 돼. 그러면서 노래도 잘 불러야 되고 그러면서 스키도 잘 타야 돼. 또 젊은 층에 인기도 있어야 돼! 거기에 모델로도 적당해야 돼! 어우, 내 머리!"

범찬은 투덜거리고선 자리로 돌아갔다. 그럼에도 한겸은 여전히 모니터를 보며 팀원들이 보낸 작업물을 확인했고, 직접 수정까지 하고 있었다. 하지만 좀처럼 색이 보이지 않았다. 잠도 제대로 못 자면서 모델을 찾고 있는 중이었다.

'진짜 어렵네. 범찬이 말대로 나가서 사고 치지 말고 집에만 있으면 얼마나 좋아. 어?'

가만히 생각하던 한겸의 머릿속에 문득 어떤 사람이 스쳐 지나갔다. 사실 큰 기대는 없었다. 그래도 혹시라도 조건에 맞을 수 있다는 생각에 한겸은 곧바로 책상에 놓아둔 모델 리스트를 살폈다. 기획 팀과 사무실, 그리고 TX에서 보내온 모델 리스트들이었다. 그 리스트에서 본 기억은 없었지만 혹시라도 지나쳤을지도 모른다는 생각에 세세히 살폈다.

"없네."

한겸은 가장 쉬운 방법으로 검색사이트에 서승원을 검색했다. 그러자 그동안 출연했던 작품들과 영상들, 그리고 몇몇의 기사가 나와 있었다. 기사를 천천히 살피던 한겸은 하나의 기사를 보고선 씨익 웃었다. 그러고는 곧바로 동영상까지 확인한 뒤 다른 기사들을 찾기 시작했다.

"일단 하나는 맞았네. 두 개? 아니, 세 개는 맞는 거 같네. 흠, 그런데 기사가 너무 없는데."

한겸의 옆자리인 임 프로는 퀭한 얼굴로 한겸을 쳐다봤다.

"뭐 찾아드려요?"
"아, 네. 서승원이라는 배우에 대해서 좀 알아봐 주세요."
"서승원이요? 서승원이 누구더라……."
"드라마에도 나오고 예전에 '나 혼자 삽니다'에도 나왔던 배우예요. 아, 예전에 우리가 기획한 DH 광고 모델이요."
"아! 그 사람."

한겸의 말을 듣던 범찬은 이번에도 어김없이 끼어들었다.

“서승원 그 사람이면 어디 가서 사고는 안 치겠네. 집 밖을 나가야지 사고를 치지.”

“그러니까 혹시나 해서 알아보라고 하는 거야.”

“넌 그런데 왜 하나만 생각하고 둘은 생각 못 하냐. 네가 말한 조건에 안 맞잖아!”

“아직 몰라. 젊은 층에 엄청난 인기는 아니지만 친근한 이미지라서 일단 이미지는 괜찮을 거 같아. 이 사람 팬 사이트도 유머 게시판처럼 운영되잖아. 게다가 집 밖에 안 나가니까 사고 칠 걱정도 없고.”

“오, 괜찮겠는데?”

한쪽에서 작업을 하던 수정도 의자를 돌려 대화에 끼어들었다.

“서승원? 너희가 DH 모델로 추천한 사람이면 그 사람에 대해서 조사 많이 했었겠네.”

“어……? 그때는 우리 조사 안 했는데. 그냥 게을러 보이는 사람 뽑아서 포토샵만 했었지.”

“참 최범찬스럽게 일했네.”

“내가 한 거 아니거든? 겸쓰도 별말 안 했어!”

“아무튼. 그럼 서승원 그 사람 노래는 잘해? 그것도 확인했어?”

그 말을 듣던 한겸은 웃으며 고개를 끄덕거렸다. 그러고는 아까 봤던 영상을 모니터에 띄운 뒤 팀원들이 볼 수 있게 모니터를 돌렸다.

"김한겸 바보냐? 소리를 키워."
"아!"

한겸이 웃으며 소리를 키웠다. 그러자 노랫소리가 들리기 시작했다.

"작아서 잘 보이지도 않네. 이게 서승원이야?"
"맞아. 팬이 직접 찍은 영상이야."
"그래도 노래는 잘하는데? 물론 우리가 판단할 건 아니지만. 그런데 이게 어디인데. 뭐 공연하는 거야?"

한겸은 웃으며 고개를 끄덕거렸다.

"원래 TV에 나오기 전에 뮤지컬배우였대. 뮤지컬만 하다가 TV로 넘어온 거지."
"그래? 그럼 노래는 잘하겠네. 여기까지는 괜찮아 보이는데?"

팀원들의 긍정적인 평가에 한겸은 만족스러운 미소를 지었다. 하지만 아직 결과를 확인해 본 것은 아니었기에 기뻐하기에는 일렀다.

"그럼 이 사람 연락처 알아봐서 스키 잘 타는지 알아보자."

그때, 퀭한 얼굴의 임 프로가 머리를 긁적거렸다.

"제가 알아보려고 했는데 이 사람 소속사가 없는데요. 개인 활동 하나 봅니다."

"그래요? 그럼 어떻게 알아봐야 돼요?"

"보통이라면 매니저들이 연락처 여기저기 뿌려서 힘들기는 해도 알아낼 수는 있을 텐데, 이 사람은 매니저도 없는 것 같습니다. 그래서 광고 에이전시들에 등록되어 있는지 알아봤는데 아무것도 안 되어 있는데요. 뭐 연예인 하면서 이런 사람이 다 있지? 드라마 같은 데에 섭외받는 게 신기하네요."

한겸도 어이가 없었다. 연예인이라면 갖춰두는 연락 수단 중 어떤 것도 하지 않고 있었다. 잠시 고민하던 한겸은 팀원들을 보며 말했다.

"서승원 씨는 내가 작업할 테니까 일단은 하던 작업들 해요. 그리고 임 프로님은 사무실분들께 서승원 배우에 대해서 좀 알아봐 달라고 해주세요."

지시를 내린 한겸은 곧바로 작업을 시작했다. 중간중간 팀원들이 완성해 온 작업물도 확인해 가며 작업을 했다. 잠시 뒤, 모니터를 보는 한겸의 눈썹이 씰룩거렸다.

'노란색이다.'

이틀간 확인한 많은 모델들 중 노랗게 보이는 사람은 몇 있었다. 하지만 일부 조건에 맞지 않았다. 대부분 광고와 상관이 없는 노래에서 문제가 되었다. 아직 전문가에게 확인해 봐야겠지만 서승원은 노래도 괜찮을 것 같았기에 한겸의 표정은 약간 상기되었다.

잠시 뒤, 한겸이 자리에서 벌떡 일어났다.

"찾았다! 찾았어!"

"누구! 서승원?"

"일단 한번 봐봐."

한겸은 모니터를 돌려 자신이 작업한 서승원의 사진을 팀원들에게 보여주었다. 장소는 키오와 마찬가지로 스키장이었고, 얼굴이 나와 있는 장면이었다.

"비율이 키오하고 비슷해서 그런가, 키오하고 비슷한 느낌인데? 실제도 이렇게 나오려나?"

"찾아보니까 프로필상 신체 조건은 비슷했어. 그보다 다른 느낌은 없어? 종훈이 형이 보기에는 어때요?"

"음, 하루 종일 이 장면만 봐서 솔직히 특별한 줄은 모르겠어. 다만 수정이 말대로 키오와 비슷한 느낌이긴 해. 다른 사람들에 비해서 좀 꽉 차고 자연스러워 보인다고 그래야 되나. 그런데 그건 포토샵으로 조금 만지면 다른 사람들도 저렇게 나올 거 같은데."

팀원들의 반응도 이해되었다. 하지만 촬영장에서 실제 움직이는 모습을 본다면 자신의 선택을 이해할 것이었다. 그 전에 서승원이 키오처럼 스키를 탈 줄 알아야 하는 것이 우선이었다. 만약 스키를 탈 줄 모른다면 이번에도 역시 헛수고가 될 수도 있었다. 때마침 사무실에 내려갔던 임 프로가 올라왔다.

"연락처는 알았습니다. 그런데 약간 문제가……."

"네? 안 하겠대요? 아니면 스키를 탈 줄 모른대요?"

"아직 서승원 씨하고 연락도 안 됐습니다. 그게 연락처를 알아보려다 서승원 씨가 출연했던 '나 혼자 삽니다'에 연락을 했습니다. C AD라고 밝히고 광고 건으로 서승원 씨 연락처를 알고 싶다고 그랬는데, 그쪽에서 모델로 확정되면 서승원 씨가 촬영하는 모습을 찍고 싶다고 그랬습니다."

"서승원 씨하고는 얘기도 안 됐다면서요."

"광고 건만 확실해지면 그건 자기들이 설득하겠다고 했습니다. 일단은 모델로 확정이 된 건 아니라서, 알았다고 하고 받긴 했습니다."

광고하는 장면이 지상파 방송에 나간다면 어느 정도 도움은 될 것이었다. 다만 약간의 문제가 있었다. 한겸이 그 부분에 대해서 가만히 생각할 때, 범찬이 급하게 대화에 끼어들었다.

"야, 그럼 스케줄 맞추기 더 빡세지! 서승원하고도 맞춰야 되고 '나 혼자 삽니다'하고도 맞춰야 되잖아. 우리 시간 없다니까. 만약에 방송국에서 2주 뒤에 촬영하자고 해봐. 2주가 뭐야 당장 다음 주에 하자고 해도 우리 똥줄 타는 거야. 지금 당장 계약하고 당장 촬영해도 모자를 판에!"

"알아. 나도 그 부분이 조금 걸려. 그보다 임 프로님, 서승원 씨한테 연락은 해보셨어요?"

임 프로는 메모지를 건네며 고개를 저었다.

"지금 사무실에서도 계속 연락을 하는데 연락이 안 됩니다."

"왜요? 모르는 번호라서 그런가. 메시지라도 보내보시죠."

"보냈습니다. 그런데 답변이 없습니다."

"스키 탈 줄 아는지 확인해 봐야 되는데. 이게 가장 급한데."

한겸이 이마를 긁적이며 난감해하는 모습을 본 임 프로는 걱정할 필요 없다는 듯 손을 저었다.

"스키 탈 줄 안답니다. '나 혼자 삽니다' 작가가 확인해 줬습니다."
"그걸 그 작가가 어떻게 알아요?"
"서승원 씨 찾는 이유 말하다가 얘기가 나왔습니다. 그랬더니 서승원 씨 스키 잘 탄답니다. 잘 타는 정도가 아니라 선수 같다고 그랬습니다."
"밖에 나가지도 않는 사람이요? 예전에 방송 확인할 때 스키 타는 모습은 안 나왔는데."
"하도 집에만 있어서 외출할 곳 없냐고 그랬더니 스키장을 간다고 했답니다. 그런데 스키를 아주 기가 막히게 타더랍니다."
"그런데 왜 방송에 안 나왔어요?"
"서승원 씨가 '나 혼자 삽니다'에 게으른 이미지로 친근감을 얻었잖습니까. 그런데 스키 타는 부분이 너무 이질감이 든다고 들어냈답니다."

대화를 듣고 있던 범찬이 혀를 차며 말했다.

"조작이네. 게으른 것도 이미지메이킹 아니에요?"
"그것도 잘 모르겠습니다. 작가가 말하기로는 촬영 내내 누워 있어서 자막 처리 하느라고 혼났다고는 그랬습니다."
"그런데 그런 사람을 뭐 하러 또 섭외한대요."

"그건 저도 의아하네요."

한겸은 피식 웃고선 입을 열었다.

"자기들 프로에 나왔던 사람이 잘되면 다른 연예인들 섭외하기도 쉬워지겠지. 그리고 '나 혼자 삽니다' 파워가 이 정도다, 그런 거 홍보하고 싶어서 그러겠지."

"어? 그러겠네."

"만약에 광고 나오면 서승원 씨가 작년에 촬영했던 장면 묶어서 내보낼 수도 있고. 아무튼 서승원 씨가 조건은 전부 맞네."

한겸은 직접 확인한 것은 아님에도 무척이나 만족스러웠다. 이제는 직접 연락을 해서 확인해 보기만 하면 모델에 대한 문제는 해결될 것 같았다.

"그나저나 연락을 왜 안 받을까."

"집에서 겜하고 있어서 안 받는 거 아니야?"

"그래도 전화 오면 받아야지."

"크크, 역시 넌 게이머에 대해서 잘 몰라. 혹시 모르니까 나도 연락해 봐야겠다."

"전화 안 받는다니까?"

"누가 전화로 한대?"

범찬은 씨익 웃더니 자리로 가려 했다. 그 모습을 본 한겸은 고개를 저으며 범찬을 붙잡았다.

"뭐 하려고 그러는지 모르겠지만, 하지 마."
"급하잖아! 기다려 봐!"

*　　　　*　　　　*

범찬의 예상과 달리 서승원은 외출 중이었다. 외출 이유는 다름 아닌 본업인 배우 일 때문이었다.

"갖고 있는 이미지 때문인가? 이 장면에서 구인수라는 캐릭터는 섬뜩해야 되는데 승원 씨는 전혀 무섭지가 않아."
"그렇군요……."

서승원은 영화 오디션에 참가하는 중이었고, 감독과 관계자들 앞에서 준비한 연기를 하고 난 뒤 나온 반응이 영 시원찮았다.

"범인 말고 여기 형사는 어때. 비중은 조금 줄어도 주연과 겹치는 신이 많아. 그리고 캐릭터 자체가 친근한 이미지라서 승원 씨하고도 잘 어울릴 거 같은데. 이틀 뒤까지 이거 준비해 올 수 있겠어?"

서승원은 쉽게 대답하지 못했다. 악역인 구인수 캐릭터를 받고 상당히 열심히 준비했다. 그만큼 자신 있었다. 그런데 결과는 실패였다. 서승원은 감독과 눈을 맞추며 말했다.

"혹시 한 번 더 기회를 주신다면 구인수 캐릭터를 조금 더 준비해 보겠습니다."

"곤란하게 왜 그래. 혹시 지금 이미지 때문에 그래?"

"……."

"승원 씨가 이미지 변신하고 싶어 하는 건 알아. 그런데 그것도 단계가 있어야 돼. 차라리 승원 씨가 휴식기라도 가졌으면 모를까, 그렇지도 않았잖아. 어제까지 친근하던 사람이 갑자기 변하면 사람들이 어떻게 받아들이겠어. 물론 연기력이 미쳐서 그걸 커버할 수도 있어."

감독이 곤란하다는 표정으로 말을 멈췄지만 승원은 뒤에 어떤 말이 나올지 예상되었다. 결국은 자신의 연기가 감독의 기대치에 미치지 못했다는 소리다.

"만약 승원 씨가 연기를 미친 것처럼 했다고 쳐. 그럼 우리도 성공하고 승원 씨도 이미지 변신 성공할 수 있겠지. 그런데 그건 모험을 해야 하는 거잖아. 우리나 승원 씨나 둘 다 모험이 될 건데 그럴 필요 있겠어?"

서승원은 이해했다는 듯 천천히 고개를 끄덕거렸다.

"알겠습니다. 제가 실례를 한 것 같군요."

"실례는 무슨. 승원 씨 기분 상한 거 아니지?"

"아닙니다. 이렇게 기회 주신 것만으로도 감사한걸요."

"그래, 알았어. 다음에 좋은 작품에서 보자고. 연기에 대한 승원 씨 열정은 내가 아니까 다음에 꼭 봐."

씁쓸한 결과에 기분이 몹시 좋지 않았다. 그럼에도 승원은 억지 미소를 지으며 감독과 관계자들에게 인사를 하고는 미팅하던 장소를 나섰다.

건물에서 내려온 승원은 차에 올라탔다. 매니저도 없었기에 혼자 움직여야 했는데, 움직일 생각이 없는지 차에 시동도 걸지 않았다. 그저 답답한 표정으로 의자에 몸을 파묻듯이 기댔다.

"이미지 벗기가 이렇게 힘든 건가."

'나 혼자 삽니다'에 출연한 뒤 드라마에도 종종 출연했다. 하지만 맡은 역할들이 전부 비슷했다. 착하고 친근한 캐릭터들. 게으른 것은 빠졌지만 역할 대부분이 그랬다. 착하고 친근한 캐릭터들은 대부분 주연을 도와주는 캐릭터이거나 시청자들에게 답답함을 주는 캐릭터였다.

이런 이미지가 점점 굳어가고 있는 것이 걱정되는 마음에 이미지 변신을 위해서 악역 위주로 오디션을 보고 있었지만, 결과는 똑같았다.

"이게 다 그 광고 때문이야. 아오, 묘하게 부지런해진 거 같기는 개뿔!"

광고가 나올 때까지만 해도 좋았는데 '나 혼자 삽니다'의 이미지와 광고의 이미지가 결합해 게으른 사람으로 낙인이 찍혔다. 물론 유머 게시판으로 운영되고 있는 자신의 팬 카페에서는 그런 모습을 오히려 더 반겼다. 물론 팬이 있다는 것만으로 좋기는 했지만, 자신의 배우 인생이 이런 식으로 끝날 것만 같았다. 그때, 승원의 휴대폰이 울렸다.

"어, 누나."

—집이야?

"하아, 내가 집에만 있는 줄 알아?"

—얘는 농담한 걸 가지고 왜 이렇게 까칠해. 오늘 오디션 본다는 거 알고 전화한 거야.

"안 됐어."

—그래서 까칠했고만! 그럼 광고는?

"뭔 광고. 뭔 소리를 하는 거야. 내가 광고를 왜 해."

—안 한다고 그랬어? 네 매형이 엄청 좋은 기회라고 그랬는데?

"뭘 안 해! 내가 하고 싶다고 하냐? 광고가 들어와야 하지.

이상한 소리 할 거면 끊어."

—어? 아닌데. 너 빈둥빈둥에 지금 난리 났는데?

빈둥빈둥은 서승원의 팬 카페였다. 원래는 다른 이름이었지만, 팬들이 하도 좋아해서 '빈둥빈둥'이라는 이름으로 바꾸었다. 가장 큰 실수였다고 생각하는 것인데 누나의 입에서 그 이름이 나오자 짜증이 났다.

"누나, 나 지금 기분 안 좋으니까 장난 그만 쳐."

—내가 잘못 알았나 보네. 야, 화내지 마. 이따가 매형 일찍 온다고 그랬는데 집에 가기 전에 들러서 치맥 하고 가.

"됐어."

서승원은 전화를 끊은 뒤 휴대폰을 내려놓으려 했다. 그런데 휴대폰 화면에 엄청난 수의 부재중전화가 보였다. 이렇게 많은 부재중전화는 처음이었기에 심장이 덜컥 내려앉는 기분이었다.

"뭐지? 내가 무슨 사고라도 쳤나? 뭐지?"

승원은 떨리는 가슴으로 번호를 확인했다. 모르는 번호가 대부분이었고, 일부는 친하게 지내던 동료들의 연락처였다. 승원은 콩닥거리는 가슴을 쓰다듬으며 메시지를 확인했다. 메시지 역시 엄청나게 많이 도착한 상태였다.

[승원이! 한턱 쏴라!]

[올! 서승원! 꽃길 걷냐?]

"뭔 소리들을 하는 거야. 몰카인가?"

서승원은 기웃거리며 차 내부를 살폈다. 그것도 잠시, 이내 고개를 저었다. 예능은 '나 혼자 삽니다'를 끝으로 절대 출연하지 않고 있었기에 자신을 촬영할 거리가 없었다.

승원은 휴대폰 번호를 보며 연락을 해볼까 하다가, 문득 누나가 팬 카페에 난리가 났다고 말했던 게 떠올랐다. 곧바로 팬 카페에 들어가자 평소와 다르게 게시글들이 유머가 아닌 전부 자신에 관한 글들이었다.

—우리 형은 누워만 있어도 광고주들이 알아서 찾는다!

—지금 서승원 상태!

—형 보고 있지? 분명히 봤는데 못 본 척하는 거 같은데!

—집 밖에 나가기 싫어서 광고 거절하는 서 배우 클래스.

"이게 뭔 소리들이야."

서승원은 쓸모없어 보이는 글들을 넘겼다. 몇 페이지나 넘겼는지 기억도 나지 않을 때, 지금 일의 시작으로 보이는 글 하나가 눈에 들어왔다.

「서승원 배우님께.」

그 글을 클릭해서 들어가자 익숙한 이름이 보였다.

「C AD의 AE 최범찬이라고 합니다. 연락이 되지 않아 급한 마음에 이곳에 글을 남깁니다. 광고 건으로 만나 뵙고 싶은데 답변 주시면 감사하겠습니다.」

"C AD? 아오……."

C AD라면 지금 자신의 이미지가 만들어지게 된 결정적인 계기를 준 곳이었다. 처음에는 자신을 선택했다는 고마운 마음에 파우스트 광고에다 도움까지 줬는데 이제는 아니었다. 물론 C AD의 잘못이 아니란 걸 알지만, C AD의 이름을 보자마자 표정이 일그러지는 건 어쩔 수 없었다. 그러고는 이내 한숨을 푹 뱉었다. C AD라면 작년까지만 해도 대학생이었으니 지금도 크게 다르지 않을 거라 생각이 들었다. 그러자 엄한 사람에게 화풀이하고 있는 지금 자신의 모습이 한심스럽게 느껴졌다.

"어휴, 못났다, 못났어. 대학생들이 무슨 잘못이라고."

그래도 광고를 하고 싶은 생각은 없었다. 다른 때였으면 광고 콘셉트라도 물어봤을 텐데 지금 기분으로는 광고보단 연기를 통해 이미지 변신을 하고 싶었다. 서승원은 부재중전화 목록 중 가장 많은 전화번호에 메시지를 남겼다.

[광고 안 합니다.]

* * *

모델 선정하는 작업이 끝나자 기획 팀원들은 그동안 밀렸던 작업을 하느라 모두가 바쁘게 움직였고, 한겸은 사무실에 내려와 승원의 연락을 기다리던 상태였다.

"곧 올 거라니까."
"안 오고 있잖아."
"기다려 봐. 올 거야. 내가 남긴 글 봤으면 바로 오지. 그나저나 내일 안개꽃 던지는 장면 같이 갈 거지?"
"가야지."
"오케이, 그럼 TX에 일정 보내면 끝."

일정 조율을 하느라 사무실에 내려와 있는 범찬은 승원에게서 연락이 온다고 굳게 믿고 있는 것처럼 보였다. 하지만 한겸은 점점 초조해져 갔다.

"게시판 볼 시간 있으면 휴대폰부터 보겠지."

"아니라니까."

그때, 서승원에게 연락을 하던 장 프로의 휴대폰에 메시지가 도착했다.

"어? 어……."
"연락 왔어요?"
"네? 아, 네. 그런데 광고 안 하겠다는데요……?"
"저 좀 보여주세요."

장 프로가 한겸에게 휴대폰을 보여주었다. 오래 볼 필요도 없이 짤막한 답변이었다.

"왜 안 하겠다는 거지?"

한겸은 이유라도 듣고 싶은 마음에 곧바로 통화 버튼을 눌렀다. 그러자 이번에는 전화가 연결되었다.

—네, 서승원입니다.
"안녕하세요. 연락드렸던 C AD의 김한겸이라고 합니다."
—메시지 못 받으셨어요? 광고 안 합니다.
"메시지는 받았습니다. 그런데 실례지만 콘셉트라도 들어봐 주셨으면 해서 연락드렸어요."
—후… 저기요. DH은행 광고 때도 절 추천해 주고 이번에

도 저를 선택해 줘서 고마워요. 그런데 제가 여유가 없어요. 웬만하면 나도 고마워서 도와주고 싶은데 내 코가 석 자라서 그러질 못합니다.

한겸은 고개를 갸웃거렸다. 모델비를 주며 정식으로 계약을 할 생각인데 도대체 뭘 도와준다는 건지 이해가 되지 않았다. 잠시 생각하던 한겸이 다시 입을 열었다.

"한 번만 만나서 저희 얘기를 들어봐 주실 순 없을까요?"

—서로 곤란하게 만들지 말고 다른 분 알아보세요.

"혹시… 저희가 그냥 도와달라고 할 거라 생각하신 건가요? 저희는 제대로 된 계약을 원하고 있습니다. 그리고 서승원 씨가 꼭 필요하고요."

—왜 접니까?

"수많은 모델들 중에 서승원 씨가 역할을 가장 잘 소화해 낼 수 있을 것 같았습니다."

—또 누워 있고 그런 겁니까?

"콘셉트는 만나서 얘기를 해야 하지만 이번 광고는 그런 콘셉트는 아닙니다. 이번에 출시되는 DIO80의 광고입니다."

—DIO80은 무슨… DIO80? 두럽의 DIO80 말하는 거예요?

"네. 두럽의 휴대폰 DIO80입니다."

서승원에게서 아무런 대답도 없었다. 그러길 잠시, 서승원이 못 믿겠다는 듯 입을 열었다.

—거기 DH 광고 때 절 추천해 준 곳 맞죠?
“맞습니다. 저희가 처음 기획했던 광고입니다.”
—그때 분명히 어디 대학교 동아리라고 봤는데…….
“그때는 대학생이었고 지금은 졸업했습니다.”

한겸은 헛웃음을 뱉었다. 아마 C AD에 대해서 제대로 알지 못하는 모양이었다. 하긴 광고나 마케팅 일을 하고 있지 않는 이상, 광고 자체에 관심을 가질 뿐 만든 회사에 관심을 갖지는 않았다. 엄청난 유명한 광고들도 만든 회사를 기억하는 사람은 없었다.
서승원의 반응이 이해되자 한겸은 해야 할 일이 정리되었다. 우선 서승원이 생각하는 C AD가 다르다는 걸 알려줘야 했다.

“분트 아시죠?”
—알죠.
“분트 광고도 저희가 제작했습니다. 분마 역시 저희가 담당하고 있고요. HT의 광고도 저희가 제작했습니다.”
—…진짜 어디였더라…….
“동인대학교요?”
—네, 거기 나온 학생들 맞아요? 그때도 C AD였는데…….
“맞습니다.”

—이제 1년 조금 넘은 거 같은데…….

서승원의 반응으로 보아 한겸은 자신의 예상이 맞았다는 생각이 들었다. 서승원이 보이는 반응 때문에 그가 속물처럼 느껴지기는 했지만, 지금은 서승원이 필요했다.

"그래서 그런데, 미팅을 좀 했으면 해요."
—그래도 제 생각은 바뀔 것 같지 않습니다.
"네?"

반응으로 보아 당장에라도 수락할 줄 알았는데, 뜻밖의 대답에 한겸은 당황했다.

"혹시 이유라도 들어볼 수 있을까요?"
—광고 제안도 혹하기는 한데 지금 전 광고보다 중요한 것이 있거든요. 휴식기를 가질 생각도 있는데 광고를 하게 되면 그럴 수가 없잖아요.
"음. 왜 갑자기 휴식기를 가지려고 그러시는지."
—뭐 운동도 하고 이미지도 변신하고 그러려고 합니다. 아무튼 제안은 감사합니다.

그 말을 끝으로 전화가 끊어졌다. 그러자 옆에서 대화를 듣던 범찬이 한겸을 뚫어져라 쳐다봤다. 그러고는 한겸의 행보가 예상된다는 듯 이마를 부여잡았다.

*　　　*　　　*

서승원이 거절을 했지만 한겸은 포기할 생각이 없었다. 서승원에게 수시로 연락을 하는 동시에, 완벽하게 조건에 맞는지 알아보기 위해서 이리저리 돌아다니는 중이었다. 지금도 오랜만에 만난 경용과 함께 홍대에 위치한 라온 스튜디오에 도착한 상태였다. 그러자 라온의 PD인 강유가 아닌 박재진이 한겸을 맞이했다.

"김 프로, 오랜만이네요. 나 봐서 깜짝 놀랐죠?"
"어, 어떻게 오셨어요?"
"강유가 김 프로 온다고 알려줘서 놀러 왔죠. 그나저나 무슨 일인데 경용이까지 데리고 왔대요? 참, 나 있어도 되는 거죠? 내가 뭐 도와줄 거 없나 해서 왔는데."

오랜만에 만난 박재진은 한겸을 반갑게 맞이했다. 한겸은 박재진이 있는 것이 오히려 더 좋았다. 서승원의 가창력을 판단할 수 있는 사람이 더 늘어난 것이었다.

"제가 조금 바쁜데, 일단 일 얘기부터 해야 될 거 같아요."
"아! 그럼요! 강유야, 이리 와봐."

박재진은 마치 자기 일처럼 도와주기 시작했다. 직접 의자까지 가져다주며 회의를 할 수 있는 상태를 만들었다. 한겸은 고맙다는 인사로 고개를 가볍게 숙이고는 서둘러 일에 대한 얘기를 꺼냈다.

"먼저 이 영상들 보시고 서승원 씨의 가창력이 어떤지 말씀 좀 해주세요."

그러자 라온의 PD인 강유가 팔짱을 낀 채 턱을 괴며 말했다.

"김 프로가 오기 전에 이미 봤어요. 뮤지컬배우를 꽤 오래 했는지 벨팅 창법이 완전 몸에 밴 거처럼 보이더라고요."
"그래서 잘한다는 건가요? 제가 보기에는 잘하는 거 같은데."
"잘하죠. 그런데 가요하고는 약간 이질감이 들 수 있어요. 뮤지컬 특성상 목소리가 딴딴하거든요. 그러니까 객석 끝까지 힘 있게 울리는 소리를 전달하려고 소리가 비어 있는 곳이 없어요. 지금은 어떤지 몰라도 영상들만 봐서는 이 사람이 딱 그래요. 말소리도 엄청 또박또박하죠."

한겸은 고개를 끄덕거렸다. 그러고는 박재진의 의견을 물었다. 그러자 박재진도 쉽게 판단이 서지 않는다는 표정으로 말했다.

"딕션 하나는 끝내주네. 요즘 가요들 우리말로 하는데도 못 알아듣는 게 태반인데 이 사람 노래는 귀에 딱딱 박히네요. 그게 좋게 들리기도 하는데, 한편으로는 약간 촌스럽게 느껴질 수도 있어요. 트렌드라는 게 있거든요."

"조금 도와주시면 가요도 괜찮을 거 같은데 가능할까요?"

"가능은 하죠. 기본 가락이 있으니까. 그럼 혼자 오지 말고 같이 오시지. 직접 소리 좀 들어보면 더 판단이 쉬운데."

한겸은 어색하게 웃으며 말했다.

"아직 계약을 못 했어요."

"네?"

한겸은 어색하게 웃었다. 박재진은 그런 한겸을 물끄러미 보더니 이내 이해한다는 듯 고개를 끄덕거렸다.

"자신 있으니까 이렇게 진행하나 보네요. 나 때처럼."

"자신 있다기보다는 필요한 분이라서요."

"그 사람 안 한다고 하면 내가 해줄게요. 무슨 광고인데요?"

"DIO80 광고예요."

"와우. 그럼 모델료도 괜찮을 텐데 왜 안 하지? 경쟁사 모델도 아니잖아요.”

“저도 그 이유를 물어봤는데 그냥 휴식기가 필요하다고 그러더라고요.”

박재진은 고개를 갸웃거렸다. 한겸은 연예인인 박재진이라면 혹시라도 알 수 있지 않을까 하는 마음에 서승원에게 들은 대로 얘기했다.

“거절하면서, 몸도 만들고 이미지 변신도 하고 그런다고 하더라고요.”

“그럼 몸이 안 좋아서 휴식하는 건 아닌가 보네. DIO80이라서 부담스러웠나?”

“그건 아닌 거 같았어요. DIO80이라고 말하기도 전부터 계속 거절했어요.”

“그럼 뭐 하고 있는 게 있는 건가? 아니면 슬럼프이거나? 왜 거절했을까요? 자기 때문에 망할까 봐? 김 프로에 대해서 잘 모르나?”

답을 들을 수 있을까 기대했는데 박재진은 오히려 자신이 더 궁금해했다. 그때, 강유가 한심하다는 말투로 박재진에게 말했다.

“이 노인네야. 뭐가 슬럼프야.”

“이상하잖아.”

"뭘 이상해. 자기가 이미지 변신 하려고 휴식한다고 그랬다며."
"그래도 DIO80인데? 이미지 변신이 더 중요하다고?"
"형 같은 속물이나 모델 시켜준다면 덜컥 하고 그러는 거야. 서승원 그 사람은 광고보다 이미지 변신이 더 중요하다고 판단했나 보지."
"하긴. 우리만 해도 이미지 변신 하려고 준비할 때는 노출을 최소화하니까 그럴 수도 있겠네."

그 말을 듣던 한겸은 순간 눈을 반짝거렸다.

"서승원 씨는 이미 친근한 이미지로 어필이 되고 있는데 이미지 변신을 왜 하는 걸까요?"
"팔색조가 되고 싶은 건가 보죠. 사실 연예계가 이미지 소비가 빠른 편이라 한 가지 이미지로는 롱런하기 어려워요. 드물게 한 가지 이미지로 먹고사는 사람들도 있는데 그 사람들도 대체할 수 있는 사람이 등장하는 순간 끝나는 거예요."
"음……."
"서승원 그 사람은 광고로 이미지 변신이 안 된다고 판단한 모양이고요."

한겸은 광고 콘셉트를 떠올렸다. 스키를 타는 모습으로 이미지 변신이 가능할 것 같기도 했다. 하지만 그것만으로는 약해 보였다. 자칫 잘못하면 기존에 갖고 있던 집돌이 이미지마저 사라질 수도 있었다. 한겸이 어떻게 해야지 광고로 이미지를 변신시킬 수 있을까 생각할 때, 강유가 입을 열었다.

"그런데 아까 전화로 작곡 합작해 달라는 건 뭐예요?"

"아, 그거요. 경용 씨하고 같이 작업 좀 해주셨으면 해서요."

일에 대한 얘기가 오가느라 입을 다물고 있던 경용이 강유를 보며 말했다.

"혼자 하면 아직 자신도 없고 그래서, 선배님께 도움 좀 받고 싶어서요."

"참, 1위 곡 작곡가가 자신 없다고 그러면 나는 어떻게 하라고. 그래서 어떤 작업인데?"

"지금 서승원 씨가 촬영하는 광고인데요. 이미 기존에 키오라는 아이돌이 화이트로 음원을 냈었어요."

"약쟁이가 불렀던 거 편곡하자는 건 아닐 거고. 그럼 아예 새로 만들어야 한다는 거겠네."

"제가 광고 보고 일부분 틀을 잡으면 그다음에 좀 도와주세요."

"도와주는 건 문제가 아닌데… 시간이 너무 없네. 한 달 남았는데 보컬트레이닝도 해야 되고 아직 노래도 안 나와 있는 상태면, 휴우."

"그래서 선배님께 부탁드리는 거예요. 제가 김 프로님께 선배님 추천했거든요. 선배님이 트레이닝 잘 해주시잖아요."

"나 같은 사람 쌓이고 쌓였거든? 아무튼 그 사람부터 만나보는 게 우선이겠다. 트레이닝 할 필요 없었으면 좋겠네."

서승원의 이미지에 관해서 생각하던 한겸은 두 사람의 대화를 듣던 중 순간 좋은 아이디어가 떠올랐다. 자신의 생각대로라면 서승원의 이미지도 바뀔 것 같았다.

"이 PD님, 만약에 서승원 씨가 노래를 엄청 잘하면 혹시 TV에 나와주실 수 있으세요?"

"저요? 제가 왜요?"

한겸은 웃으며 자신이 생각한 것에 대해 꺼내놓기 시작했다. 그리고 한참 뒤 얘기를 마친 한겸은 웃으며 말했다.

"마침 좋은 카피도 떠올랐고요."

* * *

고척동 누나 집에 들른 서승원은 치킨이 어디로 넘어가는지 모를 지경이었다. 휴대폰의 메시지가 울리는 동시에 누나와 매형의 눈빛이 반짝거렸다.

"이번에는 뭐라는데?"

"안 한다고 그랬다니까 뭘 자꾸 물어봐."

"그러니까 왜 안 하냐고. 넌 모델 해서 네 매형한테 차도 한 대 뽑아주고 그러면 얼마나 좋아. 너 지금도 네 매형이 준 차 끌고 다니잖아. 바꿀 때 된 거 같은데."

"주긴 뭘 줘! 누나가 돈 받았잖아! 아무튼 다 노리는 게 있어서 저러는 거였네. 그리고 내가 지금 그럴 능력이 어디 있어."

"그냥 그렇다는 거지. 그런데 모델을 왜 안 하려고 그래? 나 같으면 나 좀 써주십쇼, 하겠는데."

"그런 게 있어. 자꾸 그런 소리 하면 나 진짜 간다."

누나의 닦달도 모자라 매형까지 나섰다. 서승원은 듣기도 전에 귀를 막으려 했다. 매형은 자동차 딜러답게 설득하는 실력은 엄청난 사람이었다. 아니나 다를까, 사람 좋은 미소를 지으며 말을 하기 시작했다.

"처남, 내 생각엔 아무리 하기 싫어도 일단은 한번 만나보는 게 좋을 거 같은데."

"서로 곤란하기만 할 텐데 뭐 하러 만나요."

"사람 일이란 게 모르잖아. 혹시 나중에 만나게 될 수도 있는데 그럼 그때 더 곤란하잖아. 나만 해도 그렇거든. 행여나 나하고 문제 있는 사람이 차를 사러 올 수도 있거든. 처남도 비슷하지 않아? 나중에 처남이 필요할 때가 있을 수도 있는데 이렇게 얼굴도 안 보고 거절하면 나중에 도움을 청할 수 있겠어?"

"후……."

"무엇보다 지금도 포기하지 않고 계속 연락해 오고 있잖아. 그만큼 처남 능력을 알아주는 사람이기도 하고. 무릇 사람은 자신을 제대로 봐주는 사람과 함께하라는 말도 있잖아."

서승원은 숨을 크게 뱉고는 메시지를 확인했다. 만나서 얘기를 하고 싶다는 메시지를 정확히 매 시간마다 보내왔다. 수시로 연락했다면 짜증 났을 텐데 시간에 맞춰 메시지를 보낸 탓에 자신도 모르게 자꾸 시간을 확인하고 있었다.

"어휴! 둘 다 계속 그 얘기만 하고. 나 간다."

"야, 만나보기라도 하라니까."

"지금 몇 시인데! 벌써 9시잖아. 내일 만나든지 할 테니까 그만 좀 해."

"역시 내 동생! 얘기 꼭 잘해야 돼!"

"처남 부담 갖지 말고, 거절할 때 하더라도 웃으면서 하고!"

서승원은 더 이상 시달리기 싫다는 듯 손을 흔들고 누나의 집을 나섰다. 누나와 매우 가깝게 살고 있었기에 차를 누나 집 주차장에 놓아둔 채 모자를 푹 눌러쓰고 걸음을 옮겼다.

'휴, 얼굴 보고 거절해야겠네. 그나저나 이미지를 어떻게 바꿔야 할까… 소속사를 알아봐야 되나.'

앞날에 대해서 생각하고 있을 때, 휴대폰에 메시지가 또 도착했다.

"이번에는 열 시도 아닌데 왜 또 보낸 거야."

시간을 확인한 승원은 메시지를 읽었다. 이번에도 만나서 얘기를 하고 싶다는 메시지였다. 답장을 보낼지 말지 잠시 고민했지만, 매형이 한 얘기가 틀린 것은 아니었기에 결국 답변을 보냈다.

[약속 시간 정해서 연락 주세요.]

그 말을 끝으로 빌라 공동 현관문을 열려 할 때, 갑자기 주차된 차의 문이 열렸다. 입주민이겠지 생각한 순간, 차에서 내린 사람이 달려오듯 자신에게 다가왔다.

"뭡니까?"

"안녕하세요! 전 C AD AE 김한겸이라고 합니다."

"전 같은 회사 AE 임상우입니다."

"네?"

"조금 전에 연락드린 김한겸입니다."

서승원은 지금 상황이 쉽게 이해가 가지 않는다는 듯 한겸을 가만히 쳐다봤다. 그러자 한겸이 고개를 가볍게 숙이며 말했다.

"실례인 줄 알지만 꼭 만나 뵙고 싶어서 집 앞까지 찾아왔습니다."

"우리 집은 어떻게 알고요?"

"'나 혼자 삽니다' 제작 팀에게 사정해서 알아냈습니다."

"하아……."

"밤중에 죄송하지만 저희 얘기를 한번 들어봐 주실 수 있을까요?"

승원은 잠시 고민하고는 이내 고개를 끄덕거렸다.

"커피숍은 큰길 나가야 있으니까 그냥 우리 집으로 갑시다."

"그래도 될까요?"

"여기까지 찾아온 사람이 그런 예의를 따집니까?"

승원은 두 사람을 데리고 집으로 들어왔다. 불청객이지만 일단은 집에 온 손님이었기에 커피를 준비했다.

"커피밖에 없으니까 그냥 드세요."

"감사합니다."

"그런데 내가 언제 올 줄 알고 우리 집 앞에서 기다린 거예요?"

"4시간밖에 안 됐습니다."

"4시간… 아까 나한테 문자 보내기 시작할 때부터였네. 휴… 그럼 집 앞에 왔다고 말을 하지 그랬어요. 사람 미안해지게."

"괜찮습니다. 그보다 확인할 게 있는데, 스키와 노래 말고 또 잘하시는 게 있을까요?"

승원은 의아한 표정으로 한겸이라는 사람을 봤다. 반짝이는 눈빛을 보내며 자신의 얼굴을 뚫어져라 쳐다보는 모습에, 잘하는 게 반드시 있어야 할 것 같은 분위기였다.

* * *

승원은 지금 어떤 상황인지 이해가 되지 않았다. 갑자기 잘하는 게 있냐고 물어 특별히 잘하는 게 없다고 했다. 그랬더니 한겸이라는 사람은 잘하는 게 분명히 있을 거라며 같이 찾아보자고 했다. 커피를 다 마실 동안 광고에 대한 얘기는 일절 없이 자신의 장기만 찾고 있었다.

"스포츠 중에서 먼저 찾아볼까요? 연예인들 보면 연예인 축구단, 야구단 이런 거 하는데 하시는 거 있으세요?"

승원은 한겸에게 자신이 말렸다는 걸 느끼고는 손을 저어 한겸의 말을 끊었다.

"저기요, 저 광고할 생각 없습니다."
"아, 참. 제가 마음이 급했네요."

승원은 어이가 없다는 듯 한겸을 쳐다봤다. 마치 무조건 계약을 할 거라고 생각하는 듯 당당한 모습이었다.

"일단 이건 보안 계약서이고요. 시놉을 유출하시면 안 된다는 그런 내용입니다. 한번 읽어보신 뒤 저희가 짜 온 시놉시스를 알려 드릴게요."
"저기, 김한겸 씨라고 하셨죠."
"네, 김 프로라고 부르셔도 됩니다."
"후, 호칭이야 어찌 됐든 간에 제가 계속 말했듯이 광고할 생각이 없어요. 지금 만난 것도 제대로 거절을 하려고 집으로 오시라고 한 겁니다."

승원은 최대한 정중하게 거절을 했다. 그래서인지 한겸이 자신의 말을 알아들었다는 듯 고개를 끄덕거리는 것이 보였다. 그것도 잠시, 끄덕거림을 멈추더니 갑자기 씨익 웃었다.

"휴식기를 가지시려는 게 이미지 변신 때문에 그러시죠?"

"하아. 제가 처음부터 말씀드렸습니다. 제가 지금 광고를 하고 싶은 생각이 없어요."

"저희 이번 광고를 찍으신다면 이미지 변신 시켜 드릴 수 있습니다."

"네?"

승원은 못 믿겠다는 듯 불신에 가득 찬 눈빛으로 한겸을 쳐다봤다.

"저번에 DH은행 광고로 게으른 이미지 얻은 거 아시죠? 그리고 광고로 이미지 만드는 게 뻔하잖아요. 엄청 고급스럽거나 약 빤 거 같은 웃긴 광고. 전자는 당연히 아니고 웃긴 광고겠죠? 게으른 거에서 이제는 웃긴 사람으로 보이라는 말씀이십니까?"

"웃긴 광고 아닙니다. 말씀드렸듯이 DIO80입니다. 간단하게 말씀드리자면 기존의 친근한 이미지를 이어가면서 알고 보니 다방면으로 능력이 있는 사람이라는 걸 보여주는 거죠."

"그걸 어떻게 광고로 다 보여줍니까!"

"광고로만 보여주는 건 아니고 '나 혼자 삽니다'와 음원을 통해 공개하면 됩니다."

"그게 뭔 소리예요!"

"시놉시스 보고 안 하셔도 되니까, 일단 여기 사인하시고 들어보는 게 어떠실까요."

승원은 자신이 또 설득당하고 있다는 생각에 자신도 모르게 중얼거렸다.

"매형하고 차 팔면 잘 팔겠네."

"네?"

"아니에요. 헛소리입니다. 진짜 들어보고 안 해도 되죠?"

"네, 당연하죠."

어떤 콘셉트를 가지고 왔길래 저렇게 자신만만한지 궁금한 마음에, 유출 금지에 관한 내용이 적힌 서약서에 사인을 했다.

"그럼 들어보죠."

"일단 광고부터 하나 보시죠."

한겸이 보여준 광고는 스키장에서 찍은 광고였다. 경사면에서 빠른 속도로 내려오는 장면이었고, 잦은 쇼트 턴으로 역동적인 느낌을 주고 있었다. 마지막에는 화면에 눈이 튀었고, 얼마 전 마약으로 구속된 키오가 화면을 닦으며 웃는 모습으로 광고가 끝났다.

"이건 왜요?"

"이렇게 광고가 진행될 거거든요. 이렇게 똑같이 타는 게 가능하신가요?"

"그러니까 지금 키오 대타를 구하느라고 이렇게 급했군요? 그런데 왜 나예요? 내가 키오 같은 아이돌도 아닌데!"

"그런 것도 있는데, 사실 키오 씨보다는 서승원 씨가 더 잘 어울릴 거라고 판단했습니다. 가능은 하시죠?"

"어렵진 않죠. 딱 보니까 그냥 조금 타본 솜씨 같은데 이 정도는 가능하죠."

"굿!"

"그런데 대타라고 하니까 썩 기분 좋진 않네요."

"그렇게 생각하지 말아주세요. 대타를 구할 생각이었으면 아이돌 중에 한 명 골랐을 겁니다. 저희 C AD가 오랫동안 고심해서 선정한 분이 서승원 씨입니다."

한겸의 말에 서승원은 약간 기분이 좋았다. 자신을 높게 평가해 주는데 싫어할 사람은 없을 것이다.

"스키는 언제부터 타신 거예요?"

"기억도 안 나죠. 집이 스키장 근처였어요. 부모님이 스키장 근처에서 식당 하셔서 겨울에는 주말마다 갔죠. 시골이라 스키장 말고 갈 데가 없었거든요."

"아, 그래서 자주 가셨구나."

서승원의 스키 실력을 직접 확인해야 했지만, 지금 대답만으로도 믿음이 갔다. 한겸이 만족스러운 듯 웃자 서승원이 민망한지 재빨리 말을 돌렸다.

"광고는 그렇다 쳐요. 그럼 음원은 뭐예요?"

"뮤지컬배우 하셔서 노래 잘하신다고 알고 있어요."

"잘하기는요. 그냥 남들 하는 만큼 하는 거죠. 조사해 보셨으면 아시겠지만 주연은 딱 한 번밖에 안 했어요. 그것도 교대라서 15회 정도가 주연이었죠."

"영상으로 봤어요. 제가 느끼기에는 엄청 잘하셨어요."

"후후, 개새끼 소새끼 있는 욕 없는 욕 다 먹으면서 배웠는데 그 정도는 해야죠."

"욕도 하나요?"

"그럼요! 원래 가수 하고 싶어서 서울에 왔다가 연습생 세 달 하고 잘렸거든요. 내 노래에서는 가슴을 울리는 감정이 없다고 그러더라고요. 그래서 어떻게 감정을 실을지 고민하다 찾은 게 뮤지컬배우였어요. 그런데 노래 그따위로 부르지 말라고 어찌나 욕을 하던지. 어휴. 뭐 지금은 가수보다 더 재미있다고 생각하고 있지만."

승원은 순간 말을 멈추고 한겸을 봤다. 계속된 칭찬에 승원은 자신도 모르게 편하게 말을 하고 있었다.

"아무튼 노래는 왜요?"

"음원도 내셔야 하거든요. 퍼펙트 화이트 음원을 새로 출시할 예정이에요."

"…음원이요?"

"꿈이 가수라고 하셨죠? 이번에 그 꿈을 이뤄보시는 게 어떨까요."

"그건 옛날 꿈이고. 지금은 배우에 만족하고 있죠. 재미도 있고 적성에도 맞고요."

"그럼 이번 기회를 통해 과거의 미련을 털어버리시죠."

"말 진짜 잘하시네."

승원은 기가 막히다는 듯 혀를 차고선 피식 웃었다.

"그래서 이렇게 하면 이미지가 바뀝니까?"

"이렇게 해서만은 안 바뀝니다."

"그럼요. 아! 일단 어떤 식으로 바꿀 건지 그것부터 좀 들어봅시다."

한겸은 승원이 이미 넘어온 것처럼 보였다. 그 때문인지 미소가 가득한 얼굴로 입을 열었다.

"기존 친근한 이미지는 유지하되 다른 이미지를 쌓을 거예요. 게으르다는 느낌도 조금은 가져가는 게 더 효과적이라고 판단했는데, 서승원 씨가 싫다면 그건 빼도 됩니다."

"그러니까 어떤 식으로요."

"양파 같은 느낌이죠."

"양파? 뭐 껍질 깔 때마다 새로운 모습을 보인다, 그런 거 말하는 겁니까?"

"그렇죠. 기본 전제는 그렇지만 거기에 천재적인 이미지를 부여하는 겁니다."

"천재요……?"

"네. 친근한 이미지인 줄 알았는데 알고 보니 숨어 있던 천재! 알고 보니 수준급 스키! 알고 보니 수준급 가창력! 알고 보니 뭐든지 잘하는 겁니다!"

"그래서 잘하는 거 계속 물어본 거예요?"

"그렇죠."

"사기 같은데. 사기꾼은 아니죠?"

"하하하. 아닙니다. 게으르다는 이미지도 방송과 광고가 결합해 만들어진 이미지인데, 천재라는 이미지도 만들 수 있다고 생각합니다."

"후… 말이 나와서 하는 말인데, 내가 게으르다는 이미지 때문에 얼마나 힘들었는 줄 아십니까? 그쪽, 그러니까 김 프로가 잘못한 게 없는 건 압니다. 그냥 억울했어요."

승원은 진심으로 억울하다는 표정으로 말을 이었다.

"아니, 생각해 보면 다 알 거 아니에요. 길거리 돌아다닐 때마다 사람들이 알아차리는데 밖을 자주 돌아다닐 수가 있겠습니까? 그리고 집에 있으면서 누가 차려입고 있습니까? 쉬는 날 집에 있으면 소파에 누워 있는 거 아닙니까? 저만 그래요?"

"당연하죠."

"그런데도 사람들이 집에만 있다고 게으르다고 그러는데 내가 얼마나 억울했겠습니까! 어우. '나 혼자 삽니다' 할 때도 그래요. 첫 예능이라서 자신 없으니 대본을 달라고 그랬더니, 리얼 관찰 예능이라고 자연스러운 모습만 보이면 된다고 하고. 그래서 자연스럽게 했더니 그때부터 아주 그냥… 휴우, 방송하고 실제 모습하고 괴리감 느낀다는 말들 들으면 나가는 거조차 겁난다니까요."

한겸은 승원을 보며 미소를 지었다. 저 정도로 억울해하는 모습이라면 광고를 반드시 할 것이었다.

"저희 광고 하시면 이미지 변신 하실 수 있을 겁니다."

"천재요?"

"천재면서 뭐든지 가능한 사람 정도가 되겠네요. 어차피 잘하는 것만 보여줄 테니까요."

"후… 그럼 잘하는 게 없으면요."

"일단 광고 촬영부터 마무리 짓고 연습하시면 됩니다. 그리고 결과만 보여주면 됩니다."

"진짜 사기꾼 아니죠?"

"하하, 아니에요."

"그럼 뭘 해야 하려나… 시간은 얼마나 있어요?"

"촬영은 될 수 있으면 빨리 해야 됩니다. 계약하시고 내일모레 촬영했으면 합니다."

"네? 그게 무슨… 그럼 '나 혼자 삽니다'는요. 아직 아무런 전달도 없었는데요?"

"저희와 계약하시면 곧바로 진행될 겁니다."

서승원은 불안한 표정을 지었다.

"그럼… 노래는요……?"

"아! 그건 내일 바로 확인해야 되거든요. 내일 제가 촬영이 있어서 밤밖에 시간이 안 되는데, 괜찮으시면 밤에 가능하실까요?"

"아나! 그럼 잘하는 건 도대체 언제 연습하라고요!"

"틈틈이."

"허 참. 완전 무데뽀네. 무작정 집에 찾아올 때부터 알아봤어야 했는데. 내가 잘하는 게 뭐가 있더라……."

승원은 심각한 표정으로 자신의 특기를 찾아 고민했다. 그 모습을 보던 한겸을 고개를 돌려 임 프로를 봤다. 그러자 임 프로가 헛웃음을 뱉더니 가방에서 종이를 꺼냈다.

"이건 계약서고요. 모델료에 대해서 말씀드리지 않았는데, 키오와 동급인 3억 5천만 원입니다. 그리고 지면광고 없이 영상광고뿐이고요. 총 두 가지 버전으로 광고가 게재될 겁니다. 하나는 온라인광고용이고요, 또 하나는 지상파 및 IPTV용 광고입니다. 지상파 광고는 온라인광고의 일부분을 가져와 쓸 예정이라서 따로 촬영하실 필요 없습니다. 읽어보시고 여기에 사인하시면 됩니다."

한겸이 펜을 넘기자 승원이 자연스럽게 펜을 받았다. 그러고는 계약서 위에 손을 올리다 말고는 흠칫 놀랐다.

"나도 모르게 사인할 뻔했네!"

"하시면 반드시 도움이 될 겁니다."

"후, 하긴 할 건데. 내가 잘하는 게 딱히 생각나지 않아서 걱정돼 그렇죠. 그런데 조금 전에 모델료가 얼마라고 그랬어요?"

"DIO와 조율이 될 거라 정확하진 않습니다. 그래도 현재 서승원 씨의 인지도나 앞으로 얻게 될 인기에 비례해 3억에서 3억 5천만 원 사이가 될 거라 예상합니다. 단발성 광고치고는 상당히 높은 모델료입니다."

"내가요? 내가 3억 5천이라고요? 진짜?"

"모델료 부분은 저희가 선정하고 DIO에서 지급될 겁니다. 참. 거기에 품위유지의무 있는 거 아시죠? 마약이나 음주 운전 같은 범법 행위 하시면 안 됩니다."

"그런 건 당연히 안 하죠… 후, 3억 5천이라……."

승원은 생각지도 못한 금액에 심장이 벌렁거렸다. 자연스럽게 펜을 받긴 했지만, 조금 전까지만 하더라도 어떤 조건을 내걸어도 안 할 생각이었다. 하지만 한겸이 말한 콘셉트와 자신이 받게 될 모델료를 듣자 꼭 해야 된다는 생각이 들었다. 다만 자신이 잘하는 것이 있어야 했다. 잘못해서 망칠 수도 있다는 생각에 부담감이 생겼다.

승원은 잠시 고민하더니 사인을 하지 않고 펜을 내려놓았다. 그러고는 한겸을 보며 입을 열었다.

"잘하는 거 아무거나 돼요?"

"그럼요."

"음… 그럼 혹시 밥 먹었어요?"

"아직 못 먹었습니다."

"기다려 봐요. 내가 부모님 식당 일을 오래 도와줘서 요리는 조금 하거든요. 가끔 밥 해주는 봉사 다니기도 하는데. 거기선 다들 맛있다고 하는데, 그래도 직접 맛보고 판단해 봐요."

"봉사요?"

"대단한 건 아니고요. 독거노인 무료 급식소랑 소외계층 청소년들이나 저소득 어르신들한테 간단한 음식 해주는 정도예요."

"그런 것도 하세요?"

"어려서부터 부모님이 하셔서 그거 따라다니던 거죠. 뭐, 아무튼 그나마 잘하는 게 요리 같아서요."

한겸은 재미있다는 듯 미소를 지었다. 요리라면 방송용으로도 괜찮게 느껴졌다. 잠시 뒤, 주방으로 간 승원이 음식을 준비하기 시작했다. 무엇을 하려고 그러는지 냉장고에서 식재료를 꺼내더니 음식을 시작했다. 그 순간 한겸과 임 프로는 서로를 보며 미소를 지었다.

*　　　*　　　*

요리하는 서승원을 지켜보던 한겸의 미소는 더욱 짙어졌다.

"김 프로님, 서승원 씨 칼질 예술인데요? 다다다다닥! 기가 막히네요."

"그러게요. 맛은 제쳐두고 저 칼질만으로 충분해 보여요. 연예인들이 방송에서 요리하는 거 보면 친구들 초대해서 하니까, 그런 식으로 하면 되겠네요. 아니지, 천재적으로 보이려면 그냥 집에만 있다가 친구들이 들이닥치는 거예요. 요리 좀 해달라고 식재료 들고. 그럼 서승원 씨가 귀찮다는 듯 말씀하시다가 요리를 하는 거죠."

"오… 방송국 작가도 하시려고요? 그런데 '나 혼자 삽니다'에서 받아들일까요?"

"음, 일단 얘기해 봐야죠. 그럼 누굴 초대할 수 있는지 물어봐야겠네요."

한겸은 웃으며 서승원에게로 다가갔다.

"혹시 친한 분들 계세요?"
"친구요?"
"네, 친구도 좋고 친분 있는 분들 있으신가 해서요."
"어렸을 때 친구들 말하는 거예요, 아니면 연예인들 말하는 거예요?"
"연예인이면 더 좋고요."
"왜요?"
"요리 잘하시는 거 같아서 방송에 나와도 될 것 같거든요. 일반인도 상관없는데, 그래도 연예인이 더 좋겠죠? 아무래도 사람들이 관심을 가질 테니까요."
"음… 집에 초대할 정도의 친분 있는 사람은 없는데……."
"그럼 친구들은요?"
"친구들은 있긴 있는데 다 일을 하고 있어서 물어봐야 될 거 같아요. 언제쯤 촬영하게 될까요?"
"얘기가 잘되면 곧바로 스케줄 잡고 촬영하게 될 거예요."

서승원은 끼고 있던 장갑을 벗더니 휴대폰으로 메시지를 보냈다. 잠시 뒤 서승원이 미간을 찡그렸다.

"이 자식들은 읽었으면 대답을 해야지. 읽고 씹네. 그나저나 진짜 촬영하는 거 맞죠?"

"네, 그렇게 될 거예요."

"알았어요. 그럼 직접 전화해야지."

답답했는지 서승원이 직접 전화를 걸었다.

"똘추! 내 메시지 보고 왜 씹냐. 그래? 뭐 그럼 어쩔 수 없지."

"이 영감 새끼야! 그렇게 TV 나오고 싶다고 그러더니 왜 대답 안 해. 뭐? 제수씨가? 어휴, 그래서 지금은 괜찮고?"

"사발아, 너 할 거 없지? 백수면 뭐 어때. 뭐가 쪽팔려. 백수는 TV 나오지 말란 법 있냐?"

친구는 많았는지 계속해서 연락을 했다. 그런데 대화 내용을 들어보면 전부 거절하는 것처럼 느껴졌다. 아니나 다를까, 서승원이 난감하다는 표정을 지었다.

"너무 갑작스럽게 해서 그런가, 다들 힘들어하는데요. 출산 예정일인 놈도 있고 와이프가 수술했다는 놈도 있고. 다들 일이 있나 봅니다. 이건 좀 곤란하겠는데요?"

한겸은 식탁에 놓인 식재료를 가만히 쳐다봤다. 혼자서 요리를 해 먹을 수도 있지만, 아무래도 옆에서 서승원의 요리 실력을 보며 감탄하는 모습을 보이는 게 효과적일 것이었다.

서승원은 초대할 친구가 없다는 것이 민망한지 목뒤만 쓰다듬고 있었다. 그때, 한겸의 휴대폰이 울렸다. 번호를 본 한겸은 씨익 웃더니 서승원에게 말했다.

"나이는 어린데, 친구 소개해 드릴까요?"
"네?"
"금방 친해지실 수 있을 거예요."

한겸은 해결됐다는 듯 웃더니 통화 버튼을 눌렀다.

"범찬아."

*　　　　*　　　　*

다음 날. 촬영장에 도착한 한겸은 세트로 만들어진 거리를 직접 걸어봤다.

"무릎 아프신데 이렇게 걸어도 되는지 모르겠어요. 힘드시면 언제든지 말씀하세요."
"괜찮아요. 이 정도는 움직여야 한다고 그랬거든요."

윤 프로도 도움을 주기 위해 촬영장에 와 있는 상태였다.

"저기가 좋겠는데요."

"저기 하늘색 2층 건물이요?"

"네, 안개꽃이 올라가면서 하늘색 건물이 보이다가 진짜 하늘이 보이면 더 예쁠 거 같아요."

"유사색으로 장면의 연관성을 이어나간다는 거네요."

"거기까진 잘 모르겠어요. 그냥 예쁠 거 같아서요."

한겸은 건물을 한번 쳐다본 뒤 만족스러운 듯 고개를 끄덕거렸다. 윤선진이 그림을 따로 배운 적은 없지만, 확실히 감각만큼은 누구에게도 밀리지 않았다. 지금 윤선진이 고른 건물도 상당히 느낌이 좋았다.

그때, 촬영 준비를 도와주던 범찬이 큰 소리로 외쳤다.

"방 PD님 오셨다."

한겸은 선진에게 구석을 가리켰다.

"힘드실 텐데 경용 씨하고 같이 계세요. 전 방 PD님하고 얘기 좀 하고 올게요."

"필요하시면 부르세요."

선진이 경용에게 가는 것을 확인한 한겸은 반가운 얼굴로 방 PD에게 다가갔다. 그런데 방 PD의 반응이 예전에 알고 지내던 모습과는 조금 다르게 느껴졌다. 약간은 어색한 느낌이었다.

"안녕하셨어요?"
"안녕했지."

인사를 끝으로 침묵이 흘렀다. 방 PD의 반응 때문에 한겸도 먼저 말을 걸기가 어렵게 느껴졌다. 그때, 방 PD가 일하고 있는 제작 팀을 둘러보며 툭하니 말을 건넸다.

"다 너 때문이다."
"저요?"
"그래, 너! 넌 뭐 애가 그러냐?"

갑작스러운 말에 한겸은 이유를 모르겠다는 표정을 지었다. 그러자 방 PD가 한숨을 푹 뱉더니 말했다.

"내가 원래 TX하고 한다는 말 듣고, 너희하고 일 안 하려고 했거든? 그런데 성 대표가 찾아와서 그러더라. 그건 알지?"
"네, 술 많이 드시고 오신 날 만나셨다고 들었어요."
"그래. 네가 나 총괄 제작 팀장 하라고 했다며."
"그랬죠. 가장 잘하시니까 당연한 거죠."
"입바른 소리는. 아무튼 TX에 대한 화가 풀리지 않겠지만, 제작 기간 동안 마음대로 괴롭히라고 하더라. 처음에는 거절했는데 생각해 보니까 그동안 너하고 같이 일한 게 있잖아.

사실 우리 스튜디오도 지금은 전부 너희한테 맞춰져 있는 상태고. 내가 거기서 안 한다고 하면 우리 망하겠더라고. 그리고 수정이도 있잖아."

방 PD는 어째서인지 민망하다는 표정으로 한겸을 힐끔 봤다. 그는 한겸과 눈이 마주치자 곧바로 시선을 돌려 버리며 다시 말을 이었다.

"아무튼 내가 백번 양보하자 생각하고 수락했어. 대신 촬영에 지장 가지 않는 선에서 TX를 달달 볶을 생각 했지."

"그러셔도 괜찮았는데."

"뭘 괜찮아! 내가 촬영장 가니까 아주 기가 막히더라."

"범찬이한테 듣기로는 아무런 말씀도 안 하셨다고 들었어요."

"할 말이 있어야 하지. 외주업체들 환경이 개선된 게 내 눈에 보이는데! 그거 보는 순간 참 얼마나 부끄러웠는지."

"뭐가 부끄러워요."

"TX가 망하길 바랐는데, 그거 보니까 깨닫게 되더라. TX 망해 버리면 TX에 딸린 외주업체나 하청 업체도 같이 망해 버리잖아. 그게 얼마나 힘든지 알고 있는 나는 생각도 안 했던 걸, 넌 생각하고 있더라. 복수 대신 개선."

"그냥 광고계가 다 같이 발전하는 게 좋을 거 같아서 그런 거죠."

"아무튼 민망하더라. 좀 더 지켜봐야겠지만 TX에서도 바뀐 것처럼 보이고. 뭐 얼마나 갈지는 모르겠지만 이렇게 조금씩 바뀌다 보면 언젠가는 바뀌겠다는 생각이 들었어."

한겸은 자신을 이해해 준 방 PD가 고맙기도 했고, 미안하기도 했다.

"적극적으로 참견하셔도 돼요. 총괄 제작 팀장이시잖아요."
"건드릴 게 있어야지. 저기 봐. 분위기도 저렇게 좋은데."

고개를 돌려보니 TX에서 나온 관계자들이 제작 팀을 도와 촬영 준비를 하고 있었다. 방 PD는 그 모습을 물끄러미 보더니 입을 열었다.

"머리로는 이해했는데 마음으로는 자꾸 뭐라고 하고 싶으니까 그거 참느라고 짜증이 난다."

참고 있던 말을 뱉어서인지 방 PD의 표정이 예전으로 돌아온 느낌이었다. 한겸이 다행이라는 듯 웃자 방 PD가 멋쩍어했다.

"웃기는! 그래서 촬영 준비는 잘돼?"
"다들 지금 준비하시고 있잖아요."
"저거 말고 화이트 말이야. 성 대표가 일정 오늘 밤에 보내준다고는 했는데 궁금해서."

"아, 잘되고 있어요."

"말만 총괄 제작 팀장이지 그냥 구경꾼이야. 하는 거라고는 최종적으로 검사하는 거야. 그것도 내가 최종인가? 김 프로가 최종이지."

일에 대해서 얘기를 해서인지 호칭도 변했다. 한겸은 지금 상황을 이해해 준 방 PD의 모습에 고맙다는 듯이 웃으며 그동안 서승원과 있었던 일을 얘기했다.

* * *

촬영은 생각보다 쉽게 끝이 났다. 추가 촬영 할 장면이 안개꽃을 하늘로 던지는 장면뿐이었기에 그다지 오래 걸리지 않았다. 때문에 한겸과 임 프로, 범찬과 경용까지 네 사람은 약속 시간보다 일찍 홍대에 도착했다. 아직 시간이 남았기에 네 사람은 라온 스튜디오 앞 카페에서 간단하게 요기를 해결하는 중이었다.

"대표님한테서 연락 없었죠?"

"아까 장 프로한테서 연락이 왔는데 얘기가 조금씩 빗나가는 모양이더라고요. 아마 그거 조율해서 연락하실 거 같습니다."

"'나 혼자 삽니다'에서 무슨 문제 있대요?"

"전체적으로는 굉장히 좋다고 그랬는데, 작은 부분에서 의견 조율이 조금 필요한가 보더라고요. 그래서 서승원 씨한테 연락하고 그랬다는데 아무튼 곧 연락 올 겁니다."

여유 시간이 별로 없었기에 우범은 서둘러 한겸이 기획한 것들을 가지고 '나 혼자 삽니다' 제작진과 미팅을 가졌다. 제작 팀 입장에서도 반대할 만한 거리가 별로 없어 보이는 기획이었는데 어느 부분에서 의견이 조율되지 않는다는 건지 궁금했다. 그때, 범찬이 진지한 표정으로 입을 열었다.

"야, 그런데 진짜 내가 가도 되냐?"
"너 TV 나오고 싶어 했잖아. 예전에도 네가 인터뷰하겠다고 그랬잖아."
"그랬지."
"그래서 내가 너 생각해서 추천한 건데?"
"그건 고마운데, 아무래도 서승원하고 안 친한데 친한 척해야 되니까 그렇지."
"그래서 오늘 만나는 거잖아."

범찬의 걱정은 잠시뿐이었고, 이내 방송에 비칠 자신의 모습을 궁금해하기 시작했다. 그때, 창밖으로 맞은편 라온 스튜디오로 올라가는 사람이 보였다.

"서승원 씨 도착한 거 같아. 우리도 서둘러 가자. 임 프로님, 가시죠."

한겸은 서둘러 라온으로 향했다. 라온에 도착하자 서승원이 강유와 인사를 나누는 모습이 보였다. 그리고 그 옆에는 박재진까지 자리하고 있었다.

"김 프로! 딱 맞춰 왔네요. 하여간 약속 하나는 기가 막혀. 범찬이랑 경용이도 왔네. 임 프로님도 어서 와요."

박재진은 마치 스튜디오의 주인처럼 모두를 반겼다. 한겸과 일행은 박재진과 친분이 있었기에 익숙했지만, 서승원은 아닌 것처럼 보였다. 박재진 때문인지 잔뜩 굳어 있는 표정으로 한겸을 보며 입만 벙긋거렸다.

'이런 말은 없었잖아요!'

입모양만으로 알아챈 한겸은 가볍게 웃으며 입을 열었다.

"박재진 씨도 서승원 씨 노래 부르는 거 봐주실 거예요."
"아, 네. 선생님, 처음 뵙겠습니다."

박재진은 흠칫 놀라며 주변을 살폈다. 그러고는 멋쩍은 웃음을 지으며 말했다.

"늙어 보이게 뭔 선생님이에요. 그냥 편하게 해요. 저기 내 조카뻘인 김 프로도 박재진 씨, 그러는데."

"아… 그럼 선배님이라고 불러도 될까요?"

"그래요."

"선배님도 말씀 편히 하세요."

"그래? 그러지 뭐. 그런데 노래 연습은 좀 했어?"

"그게, 하긴 했는데… 사실 오늘 테스트한다는 걸 어제 들어서……."

"김 프로가 그렇지 뭐. 뭐 정하면 바로바로 해야 되거든. 뭐 고생은 하겠지만 아무튼 축하해."

"네?"

"그런 게 있어. 일단 시간 없으니까 노래부터 들어보자. 뭐 연습해 왔어?"

"'후'의 '눕고 싶어' 연습하긴 했는데……."

"윤후 노래? 나도 그 노래 제일 좋아해. 일단 한번 들어보자."

서승원이 그 자리에서 노래를 부르려 하자, 강유가 제대로 들어보자며 녹음 부스로 안내했다. 그러고는 헤드폰을 씌워주고 간단하게 설명한 후 부스를 나왔다. 그러자 부스 안에 들어간 서승원을 제외한 모두가 녹음실 콘솔 앞에 모였다.

잠시 뒤 가수 후의 MR이 나오기 시작하자 서승원이 노래를 부르기 시작했다. 그러자 박재진과 강유가 서로를 쳐다보더니 혀를 내밀었다.

“뭐야, 전혀 뮤지컬 느낌 아닌데? 잘하네?”
“그러게. 배우라서 그런지 노래하면서 짓는 표정이 느낌 있네.”

몇 소절 들어보지도 않고 내린 평가를 들은 한겸은 만족스러운 듯 미소를 지었다. 그때, 휴대폰이 울렸고, 번호를 확인하니 우범의 전화였다.

* * *

서승원의 노래 실력은 박재진과 강유가 자신보다 정확한 판단을 내릴 것이었기에, 한겸은 전화를 받기 위해 잠시 스튜디오 밖으로 나왔다.

“네, 대표님. 미팅 끝나셨어요?”
—그래. 전체적으로 네가 기획한 대로 진행하기로 했다. 그런데 한 가지는 죽어도 안 된다고 하더군.
“어떤 부분요?”
—친구를 초대하는 부분.
“그게 왜요?”
—친구가 한 명이라는 걸 지적했다. 거기에 그 한 명이 광고사 직원이라는 점도 걸린다고 하더군. 야외 촬영이라면 담

을 수 있는 그림이 많아서 괜찮지만 집에서의 촬영은 한 명으로는 아무래도 부족하다고. 그게 조율되면 이틀 뒤에 우리 촬영에 맞춰서 촬영하겠다고 했다. 아니면 그 부분은 빼고 다른 것으로 대체를 하는 게 낫겠다고 하더군.

"후, 제가 끼는 건 더 이상할 거 같고… 음."

—아무래도 그렇지. 아예 광고대행사라고 대놓고 얘기하면 모를까, 친구들이 전부 광고사 직원이라는 건 이상하지. 게다가 너희들이 나이도 어려서 시청자들한테 의혹을 살 수 있는 부분이라고 했다.

한겸은 이해했다는 듯 고개를 끄덕거렸다.

—'나 혼자 삽니다' 팀에서도 서승원 씨에게 연락해서 그 부분에 대해 조율을 한다고 했다.

"알겠어요. 저도 서승원 씨하고 한 번 더 얘기해 볼게요. 오늘 고생하셨어요."

—그래, 너희도 고생해라.

전화를 끊은 한겸은 입맛을 다셨다. 범찬이라면 몇 명분의 역할을 할 수 있을 거라고 생각해서 추천했는데, 다른 사람들은 범찬에 대해 모르다 보니 한 명으로는 부족하다고 판단을 내린 듯했다.

'범찬을 빼고 서승원 씨의 진짜 친구들 스케줄에 맞춰 촬영

을 해야 하나?'

갑자기 빠지라고 하면 난리를 칠 범찬도 문제지만 서승원의 친구들 스케줄도 문제였다. 그 부분을 어떻게 해결해야 하는지 고민할 때, 스튜디오 문이 열리면서 임 프로가 고개를 내밀었다.

"무슨 문제 있으세요?"

"조금 사소한 문제가 생겨서요. 노래는 다 불렀어요?"

"네, 지금 막 끝났어요. 이야, 진짜 저렇게 잘 부르는 줄 몰랐어요. 재진 형님하고 강유 형님 두 분이 칭찬하고 난리도 아니에요."

"형님이요?"

"아, 최 프로님이 형님, 형님 그러는데 뻘쭘해서 그냥 형님이라고 부르기로 했거든요."

한겸은 피식 웃으며 임 프로를 봤다. 그러고 보니 임 프로는 범찬만큼 친화력이 좋은 사람이었다. 그렇다고 해도 범찬과 같은 C AD 직원이다 보니 친구로 등장시킬 수는 없었다.

"일단 들어가죠."

다시 스튜디오로 들어서자 박재진이 환한 미소를 지은 채 서승원을 칭찬하고 있었다.

"너 꽤 잘하는데?"

"그런가요? 부스에서 노래 불러본 지가 오래돼서 엄청 떨렸는데 다행이네요."

"잘했어. 중간중간 음정이 빗나간 부분이 있긴 한데 그래도 감정으로 다 커버하네. 네가 기분 좋게 불러서 듣는 사람까지 기분이 좀 들뜨도록 만들더라. 김 프로한테 듣기로는 감정선이 나빠서 연습생 잘렸다고 들었는데, 도대체 어떤 기획사가 그런 평가를 내린 거야?"

"아무래도 배우 생활 하면서 많이 배워서 그런 거 같아요."

"아! 그러네. 아무튼 이 정도면 녹음하면서 수정하면 금방 하겠어. 경용이랑 강유가 곡 잘 써야겠네?"

박재진의 평가에 만족한 한겸은 웃으며 걸음을 옮겼다. 그때, 서승원의 휴대폰이 울렸다.

"네, 안녕하셨어요. 대략 알고 있어요. 내일 가능합니다. 그럼 내일 11시에 뵐게요. 들어가세요."

승원이 전화를 끊자 박재진이 웃으며 말했다.

"바쁘네? 인기 스타야."

"아! 아닙니다! '나 혼자 삽니다'에 또 출연하게 돼서 그거 때문에 미팅하기로 한 거예요."

"아! 거기. 이상하네? 예전에 나하고 얘기할 때는 전화로 했었는데. 그리고 조율 끝나면 그때 하지 시작부터 미팅을 직접 해."

"제가 매니저가 없어서요. 그런데 선배님도 출연하셨었어요?"

"못 했지. 섭외는 받았는데 저기 김 프로 때문에 못 했어."

"김 프로님이 왜요?"

"김 프로 때문에 워낙 바빴어야지. 한국, 대만, 스페인 막 여기저기 다니느라고 바빠서 못 했지."

그 말을 들은 한겸은 피식 웃다 말고는 박재진을 보며 눈을 반짝거렸다. 그러자 한겸을 보던 범찬이 불안한 듯 한겸에게 속삭였다.

"뭐 하려고 벌써부터 불안하게 눈가에 웃음이 가득하냐?"

"좋은 생각이 나서."

한겸은 웃으며 박재진의 옆에 앉았다. 그러고는 박재진을 힐끔 쳐다보더니 서승원에게 말을 하기 시작했다.

"전체적인 흐름은 제가 말한 대로 흘러갈 거예요. 이틀 뒤에 광고 촬영하는 모습 찍을 거고요. 그리고 노래하는 장면은 다시 일정 조율해야 돼요."

"저도 모르는 걸 아시네요. 그런데 요리하는 장면은요?"

"그걸 지금 조율 중이에요. 저희도 오늘 미팅을 했는데 한 가지 문제가 있어서요. 아마 서승원 씨도 내일 미팅하면, 담당 작가가 아무래도 친구가 한 명인 게 조금 걸린다고 그렇게 얘기할 거예요."

"한 명이면 뭐 어때요."

"저희야 그런데 제작 팀 입장은 조금 다른가 봐요. 그래서 그런데, 다른 친구분들 없을까요?"

"어제 다들 일 있는 거 직접 보셨잖아요. 게다가 친구들이 미안해하길래 해결됐다고 그랬거든요. 아, 곤란하네."

한겸도 곤란하다는 표정을 지었다. 그러자 범찬이 세상 누구보다 심각한 표정으로 입을 열었다.

"그럼 나 데뷔 무산되는 거냐?"

"무슨 데뷔야. 그냥 TV 출연이지."

"아무튼! 나 승원 형님하고 금방 친해질 거 같은데. 그런데 그럼 요리 실력은 어떻게 보여줘?"

"이제 생각해 봐야지."

그때, 대화를 듣던 박재진이 대화에 끼어들었다.

"친구 초대하는 콘셉트야? 그럼 나라도 가줄까?"

"어? 재진 형님 오시면 대박이죠! 그럼 시청률도 오를 텐데."

"에이, 그 정도는 아니지."

"형님이 그 정도는 넘죠. 진짜 저랑 같이 가실래요?"
"그런데 집주인이 초대도 안 했는데 가도 돼?"

범찬은 빠르게 고개를 돌렸다. 그러자 남의 얘기처럼 얼빠진 표정으로 듣던 서승원이 서둘러 고개를 끄덕거렸다.

"그럼요! 당연히 오셔도 되죠! 그런데 괜히 저 도와주시려고 스케줄에 지장 생기는 건 아니신지 모르겠어요."
"그날은 스케줄 없으니까 됐어."
"휴… 제작진들이 엄청 좋아하겠네요."
"좋아할 게 뭐 있어. 그냥 밥 한 끼 먹으러 가는 건데. 그런데 조금 일찍 가야 될 수도 있어. 이틀 뒤니까 수요일이지? 목요일에 나 이미지 관리 한다고 봉사활동 가거든."
"봉사활동도 하세요?"
"그럼, 플리 마켓 모델이니까 해야지. 우리 회사도 내 이미지 올라가니까 Y튜브로 영상 올리고 그러거든."
"대단하시네요."
"대단하기는. 그냥 하는 거지 뭐. 아무튼 밥 먹는데 그렇게 오래 안 걸리잖아. 그렇지?"
"그렇죠. 제작진도 선배님 나오신다고 그러면 당연히 좋아할 겁니다. 도와주셔서 감사해요."
"널 도와주는 게 아니라 저기 저 사람들 도와주려고 그러는 거지. 내가 받은 게 너무 많거든. 김 프로, 나도 승원이네 가도 되죠?"

한겸은 미소를 숨기지 못하고 활짝 웃더니 무슨 말을 하려다 말고 갑자기 목을 가다듬었다. 그러고는 어색한 표정으로 말을 했다.

“형님이 도와주시면 정말 감사하죠.”

“형님……? 지금 나보고 형님이라고 그런 거예요? 김 프로가?”

“뭐, 네… 제가 그랬죠.”

“헐, 완전 어색하네.”

“형이라고 하기에는 나이 차가 너무 많아서요. 그냥 예전처럼 부를까요?”

“됐어요! 아니지, 나도 편하게 불러야지! 그냥 형님이라고 해. 크크, 기분 묘하네. 알고 지낸 지 거의 1년 만에 듣네. 내가 뭐 도와줘서 그러는 건 아니지?”

“다들 형이라고 하는데 저만 호칭이 딱딱한 거 같아서요. 아무튼 감사해요. ‘나 혼자 삽니다’ 제작진들도 깜짝 놀랄 거예요.”

“크크크, 그건 됐고 형님이나 또 해봐.”

한겸은 어색한 표정으로 고개를 돌렸다. 분마로 다시 만나게 될 게 확실했지만, 오래 안 만큼 호칭을 변경해도 괜찮을 거라 생각했다. 그때, 한겸의 이마에 손이 하나 올라왔다.

"갑자기 내 이마는 왜 만지고 그래."

"혹시 아픈가 해서. 네가 클라이언트한테 형님 하는 거 처음 봐서 그런가, 나 소름 돋았어. 와… 형님, 이게 얼마나 대단한 건지 모르시죠? 이럴 게 아니라 겸쓰가 이제 인간이 된 기념으로 한잔하러 가시죠! 승원 형님과 친분도 나눌 겸!"

가뜩이나 민망했는데 범찬의 과장스러운 행동 때문에 한겸의 얼굴은 시뻘게졌다.

*　　　　　*　　　　　*

'나 혼자 삽니다'의 메인 작가는 서승원에게 방송이 어떻게 진행되는지 흐름에 대해서 설명했다.

"일단 2주에 걸쳐 나오게 될 거예요. 촬영은 C AD 때문에 스키장 촬영을 가장 먼저 하게 될 거예요."

"그럼 내일모레 촬영하는 건가요?"

승원이 말을 하자마자 작가가 순간 인상을 찡그리며 코를 훔쳤다. 승원은 멋쩍은 표정을 지으며 껌 하나를 입에 넣었다.

"술 냄새가 많이 나죠?"

"얼마나 드셨길래 이렇게 나요. 제가 취하겠어요."
"어제 좀 많이 먹어서."
"아무튼 촬영은 내일모레부터 진행될 거예요. 저희도 갑작스럽게 전달을 받아서 준비할 게 많긴 한데, C AD에서 일정을 그렇게 잡았으니 어쩔 수 없죠. 첫날은 아침에 출발하는 거부터 해서 촬영하는 장면 담고, 다음 날 요리하는 모습, 그리고 녹음하는 건 이틀 뒤고요."
"광고, 요리, 녹음 순서군요."
"촬영만 그렇게 하는 거고요. 방송에 나오는 순서는 편집하면서 재미에 따라 달라질 거예요. C AD에서 가져온 콘셉트가 재밌어 보이더라고요. 그래서 예전의 집돌이 이미지를 그대로 갖고 가면서, 알고 보면 못하는 게 없는 능력자 콘셉트를 가져가기로 했어요. 괜찮으시죠?"
"저는 좋죠. 그런데 전에는 하루 만에 다 찍지 않았나요?"
"이번에는 담을 게 많아서요. 그나저나 요리하는 장면에 관한 얘기는 들으셨죠? C AD에서 준비한 기획은 재미있게 봤는데, 사실상 일반인 친구 한 명으로는 조금 부족한 감이 있어 보여요. 그건 어떻게 하게 될까요? 친분 있는 연예인분이 좋을 거 같은데. 저번 드라마에서 같이 출연한 강승우 씨나 박재영 씨, 이런 분들은 어려울까요?"

서승원이 곤란한 표정을 하며 손가락 하나로 볼을 긁적이자 작가는 불안한 표정을 지었다.

"아무래도 그 친구라는 분이 일반인인 것도 있는데, 지금 찍으시는 광고 회사 직원이라는 게 더 걸려요. 물론 친할 수는 있는데 잘못하면 인터넷에서 커미션이 있었다는 얘기가 나올 수도 있거든요. 그럼 승원 씨나 저희나 다 피해를 보게 되잖아요."

"그 부분은 이해했습니다."

"그럼 다른 분들로?"

"강승우 선배나 재영 씨는 친분이 없어서 힘들 거 같아요. 그리고 작가님이 말씀하신 그 동생은 나와야 할 거 같고요."

"후… 그럼 실제 친구들이라도 오실 분 없으세요?"

서승원은 갑자기 작가를 힐끔 쳐다보더니 미소를 지었다.

"친한 가수가 있긴 한데."

"누구요? 유명해요?"

"유명한 거 같긴 한데… 나이가 많은데 괜찮을까요?"

"누군데요? 막 원로 가수 이런 분은 아니죠? 승원 씨의 색다른 모습을 보여주려고 그러는 건데, 그럼 느낌이 이상해질 수도 있어요."

"원로 가수는 아니에요. 혹시 재진 형님 아세요?"

"재진 형님이요?"

술자리에서 친분을 나눈 뒤 선배님으로 부르던 호칭이 형님이 되어버렸다. 작가는 고개를 갸웃거리며 되물었다.

"어떤 재진 님을 말씀하시는 거예요?"

"박재진 형님이요."

"박재진이라… 어? 분마 박재진이요? 진짜요? 승원 씨가 박재진 씨하고 친해요?"

"네, 어제도 술 마신 것도 사실 재진 형님하고 마셨거든요."

"대박! 그걸 왜 이제 말해요! 진짜 분마 박재진이 나오겠대요?"

"네, 형님께 말씀드렸더니 제작진만 수락하면 그렇게 해주신대요. 참, 녹음하는 장면 촬영할 때도 나와주신다고 했어요."

"저희가 수락을 할 게 뭐가 있어요! 오히려 감사해야죠! 진짜 대박이네."

서승원은 피식 웃으며 어제 술자리를 떠올렸다. 박재진도 관찰 예능이 처음이라며 약간 걱정했었다. 그러더니 범찬과 방송에 나올 장면을 미리 맞춰보기까지 했다. 그 모습이 떠오른 승원은 웃음이 절로 났다.

"그럼 범찬이도 가능한 거죠? 범찬이 덕분에 재진 형님하고 친해졌거든요."

"범찬이가 그 광고 회사 직원 말씀하시는 거죠? 당연히 되죠! 다른 사람 부를 필요도 없이 그 두 분이면 충분해요. 괜히 사람 많아지면 오디오만 분산되잖아요.”

다른 친구를 부르라고 할 때는 언제고 이제는 부를 필요가 없다는 말에 승원은 피식 웃어버렸다.

* * *

한겸은 C AD의 사무실에서 두립 전자 DIO80 관계자들과 미팅 중이었다. 이번에 온 사람들은 부사장이 아닌 마케팅 실무자들이었다.

“C AD에서 준비한 기획은 잘 봤어요. 그런데 왜 하필 서승원을 쓰려고 하시는 건지 궁금하네요.”

“가장 잘 어울리거든요.”

“서승원이 젊은 층에 어느 정도 인기가 있는 건 알지만, 그래도 아직은 아이돌에 비할 바는 아니죠. 게다가 이미지 또한 DIO80하고 맞지 않고요.”

“전 딱 맞는다고 생각합니다.”

DIO80 관계자들은 처음부터 서승원이 마음에 들지 않아 했다. 처음 기획안을 보냈을 때도 서승원이 맞느냐고 몇 번이나 확인했었다. 하지만 한겸이 보기에는 서승원만큼 DIO80에 맞는 사람이 없었다. 한겸은 일단 DIO80 관계자들이 가만히 거절하는 이유를 듣고 있었다.

"김 프로님, 아무리 그래도 서승원은 좀 그렇지 않나요? 저희가 아무리 C AD에게 일임했다고 하나 그건 어디까지나 아이돌 선에서였죠. 서승원은 저희 계획에 없었던 사람입니다."

"어떤 부분이요?"

"노래를 잘 부른다는 건 알지만 어디 아이돌만큼 되겠습니까? 게다가 요리도 그렇고요. '나 혼자 삽니다'만 해도 그렇습니다. 인기 있는 아이돌이 나오면 젊은 층들을 확 집중시킬 수 있는 반면 서승원은 그 정도는 아니죠. 콘셉트 자체는 좋습니다. 천재 이미지. 그건 재미있는데, 그것도 DIO80에 관계되었다기보다 우리 모델을 하게 될 수도 있는 서승원을 띄워주기 위한 일이잖습니까."

한겸은 조용히 종훈을 봤다. 그러자 종훈이 준비한 자료를 관계자들에게 건네주었다.

"저희가 고른 모델들 리스트들입니다. 꽤 많죠?"

"후, 이렇게 많이 골랐었습니까?"

"DIO에서 원했던 일이니까요. 가장 우선순위도 DIO에서 원한 대로 인성을 봤습니다. 직접 만나볼 수 없으니 됨됨이는 알 수 없어서 사건 사고가 없는 사람을 우선순위로 뒀고요. 그리고 그중에서 스키를 탈 수 있는 사람을 추렸고, 또 거기에서 노래를 잘 부르는 사람을 추렸고, 또 스케줄이 가능한 사람을 추렸습니다."

"그래서 남은 게 서승원이라는 말씀이십니까?"

"네, 조건이 완벽하게 맞아떨어집니다."

관계자들은 한겸의 설명이 이해가 되었지만 아무리 그래도 서승원은 아닌 것 같았다. 관계자들의 표정을 살피던 한겸은 목을 한 번 가다듬고는 조심스러운 말투로 말을 했다.

"저희가 서승원 씨를 고른 또 다른 이유가 있습니다."

"들어보죠."

"실례가 되는 말일 수도 있습니다. 그래도 서승원 씨를 모델로 정한 이유를 아시려면 들으셔야 하니 양해 부탁드립니다."

"얘기해 보세요."

"한국 휴대폰 시장에서 DIO는 사실 B급의 자리에 있습니다. 동양의 스페이스와 미국 컬프스의 잇츠에 이어 3위에 위치하고 있다고는 하나 굉장히 차이가 벌어져 있는 상태죠."

무척이나 민감한 부분을 대놓고 지적하자 순간 관계자들의 표정이 일그러졌다.

"그래서 우리 DIO가 인기가 없으니까 모델도 A급이 아닌 B급 같은 서승원을 쓰라는 겁니까?"

"그게 아닙니다. 앞서 말씀드렸듯이 설명을 위해서 드린 전제입니다."

"후, 알겠어요. 계속 들어보죠."

마치 부하 직원에게 보고를 받는 것 같은 말투에 미팅을 훔쳐 듣던 C AD 사무실 직원들은 속으로 화를 내고 있었다. 하지만 한겸은 이미 예상했다는 듯 평온한 얼굴로 테이블에 휴대폰 세 개를 내려놓았다.

"순서대로 스페이스 10, 잇츠, DIO70입니다. 한국에서의 인기순이죠. 그런데 소비자 만족도를 비교해 보면 순서는 이렇게 바뀝니다. DIO70, 잇츠, 스페이스 10이 순서죠."

"당연한 겁니다."

"네, 그리고 각 회사마다 가지고 있는 특이한 기능을 뺀 기본 제원만을 비교해 보면 DIO70이 가장 첫 번째, 그리고 스페이스, 잇츠 순서죠. 저희가 주목한 건 스페이스나 잇츠에 있는 기능이 DIO70으로도 다 가능하다는 점이었습니다. 화질은 DIO70이 가장 뛰어나고, 그렇다고 음질이 밀리는 것도 아니었습니다. 그렇게 만든 이유는 시장 점유율을 올리기 위한 작전이었겠죠."

"그렇죠. 그래서 요점이 뭡니까."

"지금까지 주목받지 못했는데 알고 보니 정말 좋은 휴대폰이라는 걸 소비자들에게 각인시키기 위해서 서승원 씨를 써야 한다는 겁니다. 서승원 씨도 DIO과 공통점이 상당히 많습니다. 어느 정도의 인기는 있으나 사람들에게 톱급은 아니라고 박힌 이미지죠. 그런데 알고 보면 알릴 기회가 없었을 뿐이지 못하는 게 없다는 걸 알리는 겁니다. 여기 저희가 준비한 스토리보드의 마지막을 한번 보시죠."

"Anything is possible."

"맞습니다. 무엇이든 가능하죠. DIO도 그렇고 서승원 씨도 그렇고요."

"'Anything is possible'이라… 'Everywhere'를 저희가 7년째 사용하고 있는 건 아시죠?"

"압니다. 그래서 다른 3개의 광고는 그대로 유지하고 화이트에만 사용하는 게 어떨까 합니다."

관계자들은 서로의 얼굴을 쳐다봤다. 아직 확신이 들진 않았지만 얘기를 듣다 보니 DIO의 모델로 괜찮을 것 같은 느낌이었다.

"그래서 천재 이미지를 가져가겠다는 거였습니까?"

"알고 보면 뭐든지 잘한다는 느낌이죠. DIO와 비슷하죠? 조금 다른 점은 DIO에선 계속해서 그 부분을 어필했는데 먹혀들지 않았다는 거고요."

"크흠… 그래서 C AD가 하면 먹힙니까?"

"그래서 인기 있는 예능을 선택한 겁니다."

"사람들이 보지 않는다면요? 서승원이 나온다고 다 TV 앞에 모일 거라고 생각한 건 아니시죠?"

"그건 아닙니다. 그래서 저희도 여러 나이대에 영향력이 있는 분께 부탁을 드렸습니다."

"그게 누군데요?"

"박재진 씨입니다. 저희와 오래 일하면서 친분을 쌓은 덕분에 수락해 주셨습니다."

"…박재진? 분마 박재진 말하는 겁니까?"

한겸은 멋쩍게 웃었다. 분마의 영향력이 커도 너무 컸다. 아니나 다를까, 관계자들의 표정을 보니 이미 넘어온 듯 보였다.

"음원 제작에도 박재진 씨가 공동 프로듀서로 참여할 겁니다. 작곡가도 이미 섭외한 상태입니다. 예전에 박재진 씨와 함께 일했던 '사랑의 나눠요' 작곡가입니다."

"박재진이 불렀던 HT 광고 노래! 그 노래요?"

"아시네요."

"당연히 알죠! 그것 때문에 얼마나 곤혹스러웠는데요. TX하고 일할 때 DIO도 음원부터 공개했는데 갑자기 이상한 음원이… 아, 박재진 씨 노래가 나와서 기획이 아주 박살 났는데 기억하죠. 후… 듣다 보니 작은 부분까지 세심하게 준비가 된 것 같군요."

"그리고 음원 유통은 TX에서 기존에 진행했던 방식으로 저희에게 일임하셨는데, 그 부분은 저희가 아닌 HT를 추천해 드립니다. 그러면 아마 라온이 제작을 하고 HT에서 유통을 하게 될 겁니다."

한겸은 자신이 할 말을 끝내고는 관계자들의 대답을 기다렸다. 그러자 잠시 뒤 관계자들 중 대표 한 사람이 입을 열었다.

"지금 말씀하신 거 자료로 있을까요? 저희도 회사 가서 설명하려면 필요할 거 같아서요."

"당연하죠. 일정이 빠듯해서 그런데 언제 연락을 받아볼 수 있을까요? 저희는 이미 준비를 마친 상태라서 DIO에서 허락만 떨어지면 곧바로 제작에 들어갈 것 같거든요."

"그래도 다음 주에는 할 거 아닙니까?"

"다음 주에 해외 일정이 잡혀 있어서 내일모레로 예정하고 있습니다. 아시겠지만 DIO 쇼케이스가 얼마 남지 않아서 저희도 빠듯합니다. 빠르게 결정해 주셨으면 합니다."

"뭐… 금방 될 겁니다. 반대할 거 같진 않습니다. 부사장님이 C AD 믿으라고 계속 말씀하고 계시거든요. 그런데 진짜 믿을 만하네요."

한겸은 미소를 지은 채 가볍게 고개를 숙였다. 그러자 C AD의 사무실 직원들도 마치 자신들이 칭찬을 받은 것처럼 의기양양한 표정을 지었다. 마치 이제 알았으면 함부로 대하지 말라는 표정들이었다.

*   *   *

이틀 뒤, 한겸은 촬영장인 스키장에 도착했다. 다른 때라면 제작 팀보다 먼저 도착했을 테지만 이번만큼은 아니었다. 이미 구성이 잡혀 있고 모델만 바뀌는 것뿐이라 그대로 진행하면 되었다. 그래서 한겸은 임 프로, 경용과 함께 여유 있게 촬영장을 살피며 걸음을 옮겼다.

DIO에 관련된 광고이다 보니 방송국 촬영 팀 말고 몇몇 기자들도 와 있는 상태였다. 그러다 보니 인원이 상당히 많았다. 그때, 사람들 속에서 방 PD가 나왔다.

"김 프로, 왔어?"

"네, 방 PD님. 일찍 오셨네요."

"촬영 시간 없으니까 당연히 일찍 와서 싹 다 미리 준비해 놔야지."

방 PD는 피식 웃더니 갑자기 손가락을 들어 한 곳을 가리켰다. 손가락을 따라 시선을 옮기자 경사진 눈밭에서 한 사람이 내려오는 게 보였다.

"저런 사람은 도대체 어디서 구한 거야?"

"스키 잘 타죠?"

"잘 타는 정도가 아니던데. 혹시 내가 스키 탈 줄 몰라서 그렇게 느끼나 해서 다른 애들한테 물어봤는데 실력이 장난 아니래. 저 봐! 좌우로 막 정신없이 흔들흔들거리는 거. 아주 그냥 선수야, 선수."

"진짜 잘 타네요."

한겸이 보기에도 실력이 좋았다. 한겸은 무척이나 만족한 듯 웃으며 말을 이었다.

"그런데 방 PD님도 TV에 나오셔도 괜찮겠어요?"

"잠깐 나오는 건데 뭐 어때. 저기 방송국 작가들이 한 장면만 담는다고 그러더라. 그냥 엄지만 치켜올리는 장면만 나오면 된다네. 그런데 오늘도 괜찮겠어?"

"뭐가요?"

"서승원 다른 촬영 간다고 저녁까지만 촬영한다며. 그 시간 안에 김 프로 마음에 드는 장면 나오겠냐 그 말이지."

"잘 나올 거에요. 키오가 했던 그대로 하면 되는 건데요."

"자신만만하네? 저기 제작 팀도 준비는 다 끝났어. 저기 보이지? 광각렌즈 붙인 DIO80 30대. 화질이 엄청나더라. 우리도 이참에 휴대폰 들고 촬영하러 다닐까 봐."

한겸은 방 PD와 함께 촬영 팀 쪽으로 걸음을 옮겼다. 메인으로 촬영하는 DIO80 앞에 자리한 뒤 스마트폰과 연결해 놓은 모니터를 쳐다봤다. 특수 렌즈를 사용하긴 했지만 방 PD의 말처럼 확실히 화질이 좋다고 느껴졌다. 그때, 서승원이 미끄러지며 화면에 눈을 튀기게 만드는 장면이 눈에 들어왔다.

아직 촬영 전이었기에 리허설 겸 연습 중이었을 것이다. 한겸은 그 화면을 보며 씨익 웃었다.

'연습만으로도 완벽하네.'

그리고 마지막으로, 기존에는 없었지만 C AD에서 새롭게 추가한 장면을 이어 연습했다. 한겸은 그 모습을 유심히 쳐다봤다. 카피는 준비를 했는데 마지막 포즈는 따로 준비하지 못한 상태였다. 하지만 시간 여유가 없어 카피만으로 만족한 상태다 보니 서승원이 어떤 포즈를 취할지 궁금했다.

그때, 서승원이 허리를 숙인 채 DIO80의 카메라 렌즈에 쌓인 눈을 손으로 쓸어냈다. 거기까지는 한겸이 짜놓은 시나리오대로였다. 그 상태로 마지막 카피를 뱉으면 광고가 끝이 나는 것이었다. 한겸은 약간 아쉬웠지만 지금 화이트 광고는 예정에 없던 광고였기에 어쩔 수 없었다. 기존에 추려놨던 색이 보이는 장면만 제대로 촬영하는 것으로 만족해야 했다.

한겸이 서승원의 마지막 대사를 기다릴 때, 화면에 보이는 서승원이 갑자기 한쪽 입꼬리만 살짝 올렸다. 한겸은 그 모습을 뚫어져라 쳐다봤다. 다소 건방져 보일 수도 있는 표정이었지만 지금 서승원의 모습과 무척이나 잘 어울렸다. 그리고 그 상태로 입을 열었다.

"Anything is possible."

서승원은 한참이나 마지막 포즈를 유지하고 있었고, 한겸도 모니터에서 눈을 떼지 못하고 있었다. 그때, 제작 팀 중 누군가가 갑자기 조그맣게 박수를 쳤다. 그러자 동시에 사람들이 입을 열기 시작했다.

"이거 키오 촬영할 때 없던 장면이었는데. 느낌이 너무 좋은데요?"

"뭐야. 서승원 매력 터지네. 썩소가 왜 저렇게 잘 어울려."

서승원의 모습을 보던 사람들은 저마다 감탄사를 뱉어댔다. 특히 광고를 확인하러 온 DIO 측 관계자들은 환한 표정을 지으며 연신 휴대폰으로 사진을 찍어댔다. 그 모습을 보던 한겸은 미소가 가득한 얼굴이었다. 어떻게 저런 느낌으로 표현한 건지 모르겠지만, 서승원으로 하여금 이번 광고는 반드시 성공한다는 느낌을 받았다.

* * *

제작 팀과 인사를 나눈 한겸은 본 촬영에 들어가기 전까지 구석에 자리했다. 방 PD의 자리 바로 옆이었고, 모든 스마트폰 화면을 볼 수 있도록 되어 있었다. 그리고 한겸의 옆에는 경용이 자리를 잡고 있었다.

"경용 씨, 곡은 잘 나올 거 같아요?"

"아… 큰일인데요."

"왜요?"

"키오 광고에서는 못 느꼈던 힘이 느껴져서 너무 강렬해요. 그래서 광고 다 합쳤을 때가 걱정이에요. 이 PD님께 도움 좀 청해야 할 거 같아요. 그런데 작곡도 같이 해달라고 그랬는데 이것도 같이 해달라고 하면 좀 버거워하시진 않을까 걱정이에요. 바쁘실 텐데."

"괜찮을 거예요. 우리 홈페이지에 전문가란 보이죠? 요즘 일이 없으신지 계속 초록 불 상태로 계시더라고요. 그러니까 그건 걱정 말아요. 그리고 우리가 직접 부탁할게요."

"후, 그런데 같은 장면인데도 느낌이 진짜 다르네요. 키오 때는 분위기가 힙합으로도 어울리는 거 같았는데 서승원 씨는 그런 분위기로 하면 안 될 거 같은 느낌이에요. 그보다는 힘 있게 들리면서 광고 분위기에 맞게, 밝은 멜로디의 얼터너티브 록이 괜찮을 거 같아요."

"모던 록이요? 그런 곡도 쓸 줄 아세요?"

경용은 잠시 멍한 표정으로 눈을 깜박거렸다. 그러고는 이내 실망했다는 표정으로 한겸을 쳐다봤다.

"저 천가길 멤버였는데요……? 천가길이 록밴드였고요."

"아! 그랬죠."

"아, 이건 좀 서운하네요."

한겸이 멋쩍은 상황에 어색한 웃음을 뱉었다. 그때, 다행히도 서승원이 급하게 다가오는 모습이 보였다. 한겸은 경용을 힐끔 쳐다본 뒤 서승원을 반갑게 맞이했다.

“김 프로님! 아까 잠깐 보긴 했는데 리허설 하느라고 인사도 못 드렸네요.”
“괜찮아요. 스키 진짜 잘 타시던데요.”
“이 정도는 보통이죠. 그나저나 정말 감사합니다.”
“네?”
“저 DIO80 모델로 뽑아주신 거요. 어제 DIO80하고 계약했거든요.”
“아, 그 얘기는 들었어요.”
“휴, 실감이 안 나서 밤새 한숨도 못 잤어요. 그런데 아까 제 연기 보셨어요?”
“아! 당연하죠. 제가 드린 시나리오에는 없었던 장면이라서 깜짝 놀랐는데 너무 좋았어요. 그대로 촬영하면 될 거 같아요. 마지막 대사도 정말 좋았고요.”
“휴, 어떤 식으로 표현해야 되나 진짜 고민 많이 했거든요.”
“입꼬리 살짝 올리면서 하실 생각은 어떻게 하셨어요?”

서승원은 뿌듯해하며 입을 열었다.

“뭐든지 가능하다는 게 카피잖아요. 그게 DIO80 얘기하는 것도 있지만, 저도 그렇게 해야 되고요. 그래서 내가 진짜 뭐든지 가능한 사람이라고 생각해 보니까 스키 타는 모습을 보여주는 건 별거 아닐 거 같더라고요. 그러니까 '이 정도는 뭐', 그런 느낌이 좋을 것 같았어요."

"그래서 약간 건방진 느낌… 아, 죄송해요."

"하하, 괜찮습니다! 딱 그 느낌이에요. 스페이스 정도야, 아니면 잇츠 정도야, 이런 느낌을 표현한 거니까요. 제대로 보셨어요."

"DIO80의 포부도 담은 것 같아서 정말 좋은 장면 같았어요."

"감사합니다. 참, 이따 저녁에 김 프로님도 오시나요?"

"전 못 갈 거 같아요."

"아, 혹시나 해서요. 만약에 제가 촬영 중에 실수한 게 있으면 김 프로님께 물어보려고 했거든요. 범찬이는 이상하게 알려줄 거 같아서. 하하."

역시 범찬이었다. 단 한 번의 술자리로 농담할 정도로 친해진 상태였다. 그때, 스태프 한 명이 다가오더니 최종 점검을 한다며 승원을 데려갔다.

"그럼, 이따 봬요. 진짜 고마워요!"

한겸은 미소를 지은 채 가볍게 인사를 하며 서승원을 보냈다. 그때, 한겸의 휴대폰에 메시지가 오더니 곧바로 전화가

왔다.

“네, 장 프로님.”

—김 프로님! 제가 보낸 메시지 확인 좀 해주세요.

“잠시만요.”

장 프로의 목소리가 다급하게 들렸다. 한겸은 서둘러 메시지를 확인했다. 링크가 된 URL 주소를 누르자 기사가 하나 나왔다.

「국민 게으름뱅이 서승원, 곧 출시될 D1080 모델로 발탁」

한겸을 전화를 끊지 않고 기사를 읽어 내려갔다. 스키복을 입고 있는 걸 보아 아마 이곳에 있는 기자들 중 한 사람인 것 같았다. 그래서인지 기사 내용도 특별한 건 없었다. 서승원에 대한 소개와 광고 모델로 발탁되었다는 내용이 전부였다. 다만 국민 게으름뱅이라고 소개한 점이 거슬리긴 했지만, 이미지가 바뀔 거라고 확신하기에 크게 신경 쓰이지는 않았다.

“기사 확인했어요.”

—아, 이대로 있어도 되나요?

“기사 내용도 별거 없던데요? 그냥 소개하는 기사던데.”

—댓글 못 보셨어요?

"잠시만요."

한겸은 다시 기사에 접속한 뒤 스크롤을 빠르게 내렸다. 그러자 댓글이 보였고, 한겸은 씁쓸한 표정으로 입맛을 다셨다. 가장 많은 추천을 받은 댓글부터가 마음에 들지 않았다.

—다른 모델들하고 좀 안 어울림. 보라, 와! 레인, 와! 플로, 와! 서승원, 어?

—서승원보다 키오가 더 나은 듯.

—아직도 약쟁이 빠는 ㅂㅅ이 있네. 그런데 머릿속으로는 나도 모르게 인정함.

한겸도 사람들의 반응이 이럴 거라고 어느 정도 예상은 했다. 그렇지만 예상과 실제는 차이가 났다. 만약 서승원이 이 댓글을 본다면 위축될 수도 있을 것 같았다. 공을 들여 섭외했는데 결과도 보지 않고 달린 댓글에 한겸은 씁쓸하기만 했다.

광고가 완성되고 '나 혼자 삽니다'를 통해 서승원에 대한 인식이 바뀐다면 해결될 문제였다. 그때까지 너무 안 좋은 쪽으로 치우치지 말아야 했다. 저런 의견이 계속해서 나온다면 광고가 나오고 나서도 대중들이 인정하지 않을 수 있었다. 그렇다고 광고 촬영만으로도 숨 쉴 틈이 없는데 무언가를 할 수도 없었다.

한겸이 못마땅한 듯 기사를 쳐다보고 있자, 옆에 있던 경용이 얼굴을 조심스럽게 들이밀었다.

“저렇게 잘 타는 거 보면 이런 말 안 할 텐데요.”
“그렇죠.”
“참 속상하겠어요. 그래도 좀 부럽기도 하네요.”

한겸이 표정 없이 경용을 봤다.

“아! 그냥 저런 댓글이라도 달린 게 부럽다는 거죠. 저 예전에 제 기사 나왔을 때는 댓글이 하나도 없었거든요.”
“후… 도대체 왜 이런 댓글을 다는 거지.”
“그러게요. 그래서 방송이 무서워요. 자기 일도 열심히 하고 남들 모르게 좋은 일도 하는데, 방송에서 만든 이미지 때문에 저런 댓글을 받아야 되잖아요. 얼마나 속상하겠어요.”
“좋은 일이요?”
“모르세요? 임 프로님한테 듣기로는 재능 기부 한다던데. 독거노인 무료 급식소에서 요리도 해주고 소외계층 청소년들한테도 요리해 주고 그런다던데요? 적어도 한 달에 한 번은 꼭 간다던데.”

처음 미팅할 때 들었던 이야기가 떠오른 한겸은 잠시 생각에 잠겼다. 만약 봉사에 대한 기사가 나온다면 댓글이 좋아지진 않더라도 나쁜 쪽으로 흐르진 않을 것 같았다. 다만 어떻게 공개를 해야 할지가 고민되었다.

한겸은 일단 서승원과 얘기를 나누는 편이 좋을 것 같았기에 휴식 시간이 될 때까지 기다렸다. 잠시 뒤, 스태프들과 서승원이 휴식을 가졌고, 한겸은 서승원을 따로 불러냈다. 서승원은 한겸의 표정 때문인지 의아한 얼굴이었다.

"왜 그러세요? 무슨 문제라도 생겼어요?"
"이 기사 댓글 한번 보세요."

순화해서 말을 할까 했지만 당사자인 서승원도 알고 있는 게 나을 거라는 판단이었다. 댓글을 본 서승원은 어색하게 웃으며 목뒤를 쓰다듬었다.

"뭐, 이런 댓글이야 악플 축에도 못 끼죠."
"그런가요……?"
"그래도 조금 걸리긴 하네요. 저한테만 욕하는 거면 몰라도 DIO까지 욕먹을 수 있다 보니까 그게 신경 쓰이네요. 이것 때문에 DIO에서 뭐라고 했어요?"
"그건 아니에요. 제가 말했듯이 DIO80 화이트에는 누구보다 서승원 씨가 잘 어울려요."
"말씀만으로도 감사해요."
"진심이에요. 그런데 서승원 씨도 말씀하셨듯이 DIO에까지 피해가 갈 수 있어서요. 물론 광고가 완성되고, 방송이 나가고, 노래까지 완성되면 사람들도 인정하겠지만, 그 전에 이런 반응을 조금은 가라앉게 만들 필요도 있을 거 같아요."

서승원은 여전히 멋쩍은 표정이었다.

"제가 뭘 하면 될까요?"
"그래서 그런데, 예전에 말씀하셨던 봉사는 언제 하시는 거예요?"
"어떤 봉사를… 아, 음식 해주는 거요? 그건 봉사라고 하기도 좀 그렇죠."
"간단한 거라도 좋아요. 부모님과 같이하시는 거예요?"
"예전에는 그랬는데 지금은 제가 서울에 있어서 같이 안 하고, 저는 제 나름대로 하고 있죠. 그런데 진짜 별거 아니에요. 집 앞에 가까운 무료급식소하고 동네 구청 근처 도시락집에 가서 도와주는 게 다인데."
"더 잘됐네요. 그럼 봉사하러 언제 가세요?"
"대중없죠. 그냥 스케줄 없는 날 가서 잠깐만 도와주는 정도인걸요."

한겸은 만족한 듯 웃으며 입을 열었다.

"그럼 사람들도 많이 알아보겠네요?"
"에이, 이모님들 말고는 모르죠. 어르신들은 저한테 별 관심도 없고, 애들은 제가 음식만 만드는 거라서 만날 수 있는 계기가 없어요. 그런데 대단한 게 아니라서… 별로 자랑하고 싶지도 않아요. 오른손이 한 일을 왼손이 모르게 하라는 말도 있잖아요."

"아, 그거요. 예전에 제가 어떤 분한테 들었는데, 그 뜻이 남 몰래 선행을 하라는 게 아니라 마음에서 우러나와 나도 모르게 행하라, 라는 뜻도 되는 거 같더라고요. 좋은 일 하는 걸 알려서 다른 사람들도 참여하면 도움이 필요한 분들한테 더 많은 혜택이 돌아가는 거 아닐까요?"

"그런가요……? 김 프로님은 말을 진짜 잘하시는 거 같아요."

한겸은 피식 웃고는 말을 이었다.

"내일 촬영 있으세요?"

"아니요. 내일은 없어요."

"그럼 일단 내일 가는 걸로 해요. 어떻게 알릴지는 제가 생각할게요."

한겸은 서승원의 표정을 잠시 살폈다. 사람들의 반응이 신경 쓰이는지 표정이 약간 어색한 느낌이었다. 한겸은 그런 승원을 보며 웃으면서 말했다.

"이따 얘기할까도 했는데 늦어지는 것보다 빠르게 해결하는 게 나을 거 같아서 말씀드린 거예요. 너무 걱정하지 마시고 촬영부터 제대로 해주세요. 나머지는 제가 문제없이 진행되도록 생각해 볼게요. 저 믿으세요."

"아. 네!"

승원은 조금은 가벼워진 표정으로 현장으로 돌아갔다. 한겸은 현장을 지켜보며 생각에 잠겼다. 그때, 한겸의 휴대폰에 라온 이종락으로부터 전화가 걸려왔다. 번호를 확인한 한겸이 갑자기 씨익 웃었다.

"안녕하세요, 이 부장님! 안 그래도 연락드리려고 했어요."

—저한테요? 전 오늘 저녁 촬영 그대로 진행하는지 확인차 연락드린 건데요. 아무래도 김 프로님이 계시니까 완벽하게 촬영하시다 보면 늦어질 수도 있을 거 같아서요.

"그건 걱정 마세요. 그런데 내일 재진 형님 봉사활동 어디로 가세요?"

—봉사활동… 재진 형님이요?

"네, 그렇게 부르기로 했거든요."

—어이구, 놀래라. 내일 마포구에서 추천해 준 곳 가는데. 면 마스크 제작하는 거 도와주러 가기로 했어요. 그런데 왜 갑자기 재진이 형 봉사활동에 관심을 보이시는지.

통화 중에도 머리를 열심히 굴리던 한겸이 갑자기 씨익 웃었다.

"이 부장님, 저 좀 도와주세요."

—제가요?

"아니요, 재진 형님이요. 내일 촬영도 하신다고 들었거든요."

—팬들한테 보여주려고 하는 거죠.

"시간은 어떻게 돼요?"

—오전에만 잡아놨어요.

"딱 좋네요."

—그런데 뭘 어떻게 도와달라는 거예요?

"저한테 재진 형님 이미지도 올릴 수 있는 좋은 방법이 있거든요. 서로 상부상조할 수 있을 거 같아요."

한겸은 자신이 생각한 내용을 말하기 시작했고, 그 옆에서 전후 사정을 다 듣고 있던 경용은 한겸을 보며 놀랍다는 듯 조그맣게 박수를 보냈다.

*　　　*　　　*

다음 날. 서승원은 한겸이 말한 대로 동사무소와 연계된 도시락 업체를 찾았다. 자주 왔던 곳이었는데도 오늘따라 낯설게 느껴졌다. 아무것도 아닌 일을 부풀려서 내보내진 않을까 하는 걱정도 됐지만, 한편으로는 봉사는 마음으로 하는 거라는 한겸의 말이 마음에 와닿기도 했다.

그래서 한겸이 설명한 대로 오긴 했는데 신경이 쓰이는 건 어쩔 수 없었다. 승원은 숨을 크게 들이마신 뒤 안으로 들어갔다. 이곳에서 근무 중인 사람들이 승원을 반겼다.

“승원 씨 또 왔어? 이번에는 얼마 안 지났는데 더 빨리 왔네?”

“스케줄이 비어서요.”

“배우가 스케줄이 비어서 어떻게 해.”

“괜찮아요. 어제 ‘나 혼자 삽니다’ 촬영했거든요.”

“거기 또 했어? 나 좀 나오게 해주지! 승원 씨가 얼마나 착하고 바른지 내가 말 좀 해주고 싶은데!”

승원이 가볍게 웃고 옷을 갈아입으러 들어가려던 중 한겸이 했던 말이 떠올랐다. 승원은 아차 싶은 얼굴로 직원에게 말했다.

“채 주임님, 오늘은 도시락 차에 싣는 거 제가 도와드릴게요.”

“승원 씨가? 양도 그렇게 많지 않은데 괜찮아.”

“양도 안 많으니까 도와드리려고요.”

“우리야 고맙지.”

승원은 어색하게 웃으며 옷을 갈아입었다. 그러고는 반찬을 만드는 곳으로 향했다. 자주 보던 다른 직원들과도 인사를 나눈 뒤 곧바로 자리를 잡았다. 식자재를 다듬던 승원은 한겸이 했던 말이 떠올라 갑자기 피식 웃었다.

'박재진 선배도 믿는다는데 나도 믿어야지.'

어젯밤 촬영은 생각보다 편했다. 전에 가졌던 술자리 덕분에 박재진과 범찬하고 친해져서인지 어색하진 않았다. 그런데 셋이 공통적으로 겹치는 사람이 한겸이다 보니 한겸에 대한 얘기가 많이 나왔다. 촬영 팀에서 다른 얘기를 부탁할 정도로.

박재진과 범찬은 이구동성으로 한겸이 팥으로 메주를 쑨다고 해도 믿는다는 이야기를 했다. 아직 자신은 그 정도까지는 아니었지만, 이야기를 들으니 스키장에서 한겸이 자신을 믿으라고 했던 말에 더 신뢰가 갔다. 다만, 처음에 느꼈던 사기꾼 같다는 느낌은 지울 수가 없었다. 지금 계획한 것만 봐도 한겸은 굉장히 치밀했다.

촬영할 때 박재진은 한겸에게 언질을 미리 받았는지 내일 봉사를 가야 해서 술은 안 먹겠다며 봉사에 대한 얘기를 꺼냈다. 덕분에 자연스럽게 주제가 봉사로 잡히게 되자, 승원은 사실 자신도 작게 도움을 주는 곳이 있다고 밝혔다. 그러자 박재진이 그럼 다음엔 같이 가자고 받아쳤다. 방송에 나갈지 안 나갈지는 모르겠지만, 전부 한겸이 계획한 대로였다.

어느덧 요리가 끝나고 도시락이 하나씩 채워지기 시작했다. 하나둘씩 완성되는 걸 보자 약간 가슴이 떨렸다. 그때, 주방을 지휘하는 직원이 말했다.

“다 됐네. 그럼 이제 차에 싣자. 여기 오하 임대아파트 쪽으로 가는 건 승원 씨가 가지고 가요.”

승원은 떨리는 마음으로 도시락을 가지고 밖으로 나왔다. 그때, 모자에 마스크를 쓴 사람이 보였다. 얼굴을 꽁꽁 가렸지만 누구인지 단번에 알아볼 수 있는 사람이 도시락을 받아 들었다. 그 사람과 눈을 마주친 서승원은 애써 표정 관리를 했다.

“이거 오하 아파트 가는 거 맞죠?”
“네, 맞습니다.”
“어? 배우 아니세요?”

서승원은 최선을 다해 어색하게 웃었다.

“맞죠? 어우, 저 사인 좀 부탁드려도 되나요?”
“당연하죠. 그런데 어디에…….”
“잠시만요. 여기 다이어리에 해주세요. 그런데 여기서 뭐 하시는 중이셨어요? 무슨 촬영 중인가?”

그러자 옆에 있던 다른 사람들이 대신 대답해 주기 시작했다.

“이상하네. 아저씨 처음 오셨나 보다. 승원 씨 여기서 도와준 지 한 4, 5년은 된 거 같은데.”
“아, 그래요?”
“그런데 주민센터에서 오신 거 맞으시죠?”
“아, 오늘 대타로 왔습니다.”

승원은 약간 당황했다. 한겸이 짰던 계획에 직원들이 끼어드는 상황은 없었다. 원래는 승원이 도시락을 넘겨주고 한참 뒤 배달을 잘못했다고 말하면서 승원의 반응을 보는 것이었다. 그런데 직원들이 끼어들어 완전히 틀어져 버렸다.

대신 대답을 하던 직원은 남자를 수상한 눈빛으로 쳐다봤다. 그러자 함께 있던 다른 직원들도 합세했다.

“수상하네. 채 주임님 불러와. 아저씨, 그 대신 업무 본다는 증명서 같은 거라도 있어요?”
“네? 그런 건 없고… 주민센터에서 허락받고 왔는데요?”
“그러니까 아무런 연락도 못 받았는데 왜 갑자기 사람이 바뀌어요. 주민센터에 연락해 볼 때까지 가만있어요. 옛날에도 엉뚱한 사람이 도시락 훔쳐 갔는데 그때 그 사람 아니야? 훔쳐 갈 게 없어서 어르신들 밥을 훔쳐 가고 말이야.”
“저! 그런 사람 아닙니다!”

서승원은 자신이 나서면 상황이 이상하게 흘러갈 수 있겠다 싶어 알맞은 때를 기다렸다. 그때, 직원들에게 추궁을 당하던 남자가 갑자기 모자와 마스크를 벗어버렸다.

"에잇! 실패, 실패!"

"어? 어디서 봤는데?"

"저 이상한 사람 아닙니다! 박재진이에요."

"맞다! 박재진이네! 여긴 어떻게 오셨어요?"

그와 동시에 차에서 촬영 중이던 사람이 나타났다. 승원은 이때다 싶었는지 곧바로 앞으로 나갔다.

"재진이 형? 형이 여기 어쩐 일이에요."

"아나! 실패!"

"뭐가 실패에요?"

"너 몰카 하려고 그랬는데 실패했다고! 하마터면 도시락 도둑 될 뻔했네."

"몰카요? 아, 저기 카메라……."

승원은 잠시 두리번거리더니 카메라를 보며 웃었다.

"어휴… 참, 저 여기 있는 건 어떻게 알고 오셨어요?"

"범찬이한테 들었지. 그래서 놀래주려고 왔는데 이렇게 보안이 철저한 줄 몰랐네."

"형도 오늘 봉사하신다고 들었는데 저 놀래주려고 여기까지 오신 거예요?"

"겸사겸사. 나 오늘 마스크 만들었거든. 일부를 조금 사 왔어. 너 오늘 도시락 만든다는 소리 듣고 배달하면서 나눠 드리면 좋을 거 같아서. 그리고 너도 놀려주고. 아무튼 실패! 용진아, 그만 찍어!"

승원은 속으로 감탄 중이었다. 박재진의 연기가 배우인 자신보다 나은 것 같았다. 그때, 박재진이 도시락 업체 직원들을 향해 말했다.

"저 도둑 아니거든요?"

"알죠! 당연히 알죠! 어휴, 그러니까 왜 그렇게 수상하게 하고 다녀요."

"선생님들 때문에 실패했으니까 이건 선생님들이 나눠 주세요. 오하 아파트는 제가 나눠 드릴 테니까."

박재진은 트렁크에서 마스크가 담긴 박스를 꺼내기 시작했다. 꽤 많은 양이었고, 박스를 다 내려놓은 뒤 곧바로 차에 올라탔다.

"일단 밥 식으니까 배달부터 하고 올게요."

"어디인 줄 아세요?"

"저 주민센터에서 허락받았다니까요! 후, 회심의 몰카가 실패할 줄이야."

박재진은 장난스럽게 말을 하더니 곧바로 배달을 하러 가버렸다. 그러자 직원들이 승원에게 다가왔다.

"승원 씨, 박재진하고 친했었어?"
"이야, 유유상종이 딱 맞네. 박재진 저 사람 기부랑 봉사활동 엄청 하잖아."
"우리 승원 씨도 많이 하고 있으니까 진짜 끼리끼리 노는 게 맞는 말이네."
"끼리끼리는 어감이 좀 그렇잖아."

서승원은 직원들의 반응에 웃음이 나오면서도 이대로 괜찮은 건지 생각했다.

*　　　*　　　*

그날 밤. 한겸은 Y튜브 박재진 채널에 동영상이 올라오길 기다렸다. 박재진과 서승원에게 계획대로 하지 못했다고 듣기는 했지만, 서승원이 오랫동안 봉사활동을 하고 있었다는 걸 알리는 게 주목적이었던 만큼 몰카 실패는 상관없었다. 오히려 주변인들이 서승원에 대해 언급해 줘서 영상을 보는 사람들도 진실하게 느낄 것이었다.

잠시 뒤 영상이 올라왔고, 한겸은 웃으며 영상을 재생시켰다. 그러자 면 마스크를 만드는 공장에 가는 모습과 일하는 모습이 나왔다. 공장 사람들과 얘기하는 장면이 나오며 영상이 흘러갔다. 그러던 중 박재진이 자신이 예능에 출연했다는 말을 했다.

—저, 혼자 사는 사람 소개하는 프로 아시죠?

—'나 혼자 삽니다'요?

—이거 말해도 돼? 아, 오케이. 저 거기 나와요. 꼭들 보세요.

—지금 이것도 그 촬영인 거예요?

—이건 그냥 개인용으로 Y튜브에 올라가는 거고요. 방송이 언제더라.

박재진은 머리를 긁적이더니 어디론가 전화를 걸었다. 몇 번이나 전화를 걸더니 통화 연결이 됐는지 말하기 시작했다.

—승원이 전화 왜 안 받냐? 우리 어제 촬영한 거 언제 나가냐고 물어보려고 그랬는데. 전화를 안 받아. 아, 그래? 승원이도?

한겸은 피식 웃었다. 저 전화를 받은 사람이 바로 자신이었다. 그렇게 직원들과 대화를 나누며 영상이 흘러가던 중 작업이 끝나는 모습이 나왔다. 그러더니 박재진은 기부용이 아닌 판매용인 마스크를 구매했다.

—제가 이 마스크를 왜 샀는지 모르시죠? 서승원이라고 친한 동

생이 있는데, 지금 그 친구도 봉사를 하고 있다고 들었어요. 도시락 만드는 걸 하고 있다고 그래서 저도 조금 손을 보태고자 구매했습니다. 그냥 줄 건 아니고요! 제가 한 거 다들 아시죠? 기부 앤 테이크!

플리 마켓에서 사용한 카피까지 이용했다. 거기까지는 의도한 적이 없었던 한겸도 재미있다는 듯 지켜봤다.

—그러니까 영상을 좀 더 재미있게 담아야 하지 않겠습니까? 그래야 시청자도 늘어나고! 그래야지 또 Y튜브 수익금으로 다른 곳에 기부도 하고. 그래서 몰카를 조금 해보려고요. 사실 제가 또 몰카 이런 거 잘하거든요. 저희 회사에서 가능한지 알아보고 있다니까 일단 출발하죠!

잠시 뒤 영상에는 봉고 차를 탄 박재진이 도시락 업체에 도착한 모습이 나왔다. 그러고는 익살스러운 표정으로 카메라를 확인해 가며 서승원이 나오길 기다렸다. 서승원이 나오자 박재진은 기대하라는 듯 엄지를 치켜세우며 카메라를 본 뒤 걸음을 옮겼다.

그 뒤부터는 어떤 일이 있었는지 박재진에게 자세히 들었음에도 웃음이 나왔다. 진심으로 당황해하는 표정이 담겨 있어서인지 연기할 때와 비교도 안 될 만큼 자연스러웠다. 어느덧 영상이 끝났고, 댓글을 확인하기 위해 스크롤을 내렸다.

—분마가 했으면 성공했을 텐데 박재진이 해서 실패임.

—항상 즐겁게 보고 있습니다. 기부나 봉사활동을 유쾌하게 하는 모습이 기분 좋게 만드네요.

—도시락 도둑놈ㅋㅋㅋ

—저 억울한 표정 저건 찐이다.

—형, 도시락 업체 간 게 아니고 보안업체 간 거 아니야?

대부분이 박재진에 대한 댓글이었지만, 중간중간 서승원도 언급되었다.

—오~ 서승원 새롭게 보이네. 집에 누워 있는 줄만 알았는데 저런 데도 가네.

—14 : 58 재진이 형 혼날 때 서승원 어리둥절해하는 표정 개웃김.

—4, 5년이나 봉사활동 했다네. 그러고 보면 전부 봉사활동 하는데 나만 안 하는 거 같다.

—서승원 저 복장 잘 어울림ㅋㅋㅋ

한겸은 영상이 마음에 드는지 환한 미소를 지었다. 서승원에 대한 관심은 적었지만, 그래도 서승원의 긍정적인 면을 사람들에게 소개해 줄 수 있었기에 만족했다. 박재진의 인기를 빌려 기사도 나올 것이었다. 기사를 통해 영상을 보러 오는 사람도 생길 것이니 좀 더 많은 사람이 볼 수 있을 터였다. 그때, 종훈이 고개를 돌리더니 입을 열었다.

“재진이 형 인기가 장난 아니다.”

“벌써 기사 올라왔어요?”

“응, 연예란인데 기사 제목이 ‘박재진, 도시락 안 훔쳤어요’네.”

그 기사를 필두로, 박재진의 이름으로 시작되는 기사가 나오기 시작했다.

기사들은 하나같이 박재진이 도시락 도둑으로 오해받은 상황을 설명하며 서승원을 언급하고 있었다. 한겸은 재미있다는 듯 기사들을 빠짐없이 읽어갔다.

* * *

해외 촬영이 하루 앞으로 다가온 날, 한겸은 무척이나 바빴다. 하지만 해외 촬영 준비 때문이 아니었다. DIO의 컬러마다 제작 팀이 달랐기에 기간과 인력이 넉넉해서인지 해외 촬영 준비는 그저 확인만 하면 됐다. 한겸이 신경 쓰는 부분은 아직 완성이 덜 된 화이트 때문이었다.

“범찬아, 경용 씨한테 아직 연락 안 왔지?”

“연락 오면 너한테 오겠지 나한테 오겠냐?”

“혹시 삐졌나?”

"무슨 일 있었어?"

"아니야. 언제쯤 완성이 되려나. 녹음실 촬영 이틀 뒤라고 했지? 적어도 오늘까지는 완성했으면 좋겠는데."

"이틀 뒤인데 왜 오늘이냐?"

"연습해야지. 그래야 방송에서 천재처럼 보일 거 아니야."

광고에 들어가는 노래 샘플은 이미 들어본 상태였다. 완벽하진 않았지만 광고만 완성되면 광고에 쓰일 부분도 완벽해질 거라고 믿고 있었다.

다만 곡 전체가 궁금했다. 서승원의 노래 실력을 뽐낼 수 있는 그런 곡이 완성되어야지 서승원의 콘셉트가 빛을 발휘할 수 있었다. 그때, 사무실 문이 열리더니 사무실 직원인 장 프로가 들어왔다.

"최 프로님!"

사무실 직원이 올라오면 무조건 한겸부터 찾게 마련인데 이번에는 범찬을 찾는 소리에, 모두가 범찬을 봤다.

"그 서승원 집에 가서 촬영할 때 뭐 하셨어요?"

"아무것도 안 했는데요?"

"네? 뭐지?"

"왜요? 무슨 일 있대요? 나 그냥 평소처럼 놀다 왔는데."

일을 하던 종훈과 수정이 고개만 살짝 돌리더니 범찬을 빤히 쳐다봤다. 그러고는 고개를 저었다.

"뭔 짓을 하고 온 거야?"

"최범찬인데 일반적이진 않겠지. 또 어떤 미친 짓 했길래 장 프로님이 저런 말을 해."

범찬은 갑자기 자신을 향한 화살을 받으며 억울해했다.

"내가 뭐! 나 진짜 아무것도 안 했다니까? 그냥 집 구경하고 밥 먹고 놀고 그러고 왔는데."

"네가 일반적이면 그러겠지, 하고 생각했을 텐데 최범찬 넌 미쳤잖아. 뭐 했냐?"

한겸도 범찬이 어떤 짓을 했는지 궁금했다. 생각이 있다면 지금 같은 중요한 시기에 회사에 해가 되는 일은 하지 않았을 거란 생각은 들지만, 한편으로는 범찬이라면 이상한 짓을 했을 수도 있다는 생각이 들었다. 그때, 장 프로가 손사래를 치며 입을 열었다.

"그런 거 아닌데요? '나 혼자 삽니다' 팀에서 출연료 지급한다고 그래서요. 그래서 일단 연락처 알려 드렸어요. 그런데 녹음실 촬영할 때도 오실 수 없냐고 그러던데요?"

"야, 봐! 내가 무슨 미친 짓을 해. 최선을 다해 촬영하고 온 사람한테 미친 짓이라니!"

한겸은 역시 범찬이라는 생각과 함께, 걱정이 가시자 자신도 모르게 안도의 한숨이 나왔다. 수정은 괜한 오해에 미안했는지 어색한 웃음을 지었다.

"미친 것처럼 잘 놀았다는 의미지. 최범찬 너 잘 놀잖아."
"'오! 그런 의미였어?' 내가 이럴 줄 알았냐? 사과의 의미로 오늘 저녁은 네가 쏴라."

한겸은 피식 웃고는 범찬에게 물었다.

"가서 뭐 했는데?"
"그냥 놀았다니까? 카메라 있어서 조금 어색하긴 했는데 금방 익숙해지더만. 별거 아니더라."
"그러니까 뭐 하고 놀았는데?"
"그냥 얘기도 하고 승원이 형 띄워주기도 하고."
"어떻게 띄워줬어?"
"뭐 봉사 얘기 나와서 그냥 맞장구치고, 또 승원이 형 성대모사 잘하잖아. 그거 얘기하고 그랬지."

며칠 전 가졌던 술자리에서 서승원의 특기를 찾다가 발견한 것이었다. 한겸이 느끼기에는 그렇게 똑같다는 느낌은 아니었다. 그래서 묻어두기로 했던 것인데 방송에서 한 모양이었다.

"그게 다야?"

"단데? 그냥 내가 얘기하면 승원이 형이 막 웃어주고 그래서 웃겼나 보지. 그 양반은 내가 뭐만 하면 좋대."

"다행이네."

"그런데 뭔가 취조받는 기분인데? 나 지금 여기 경찰서인 줄."

"뭐 하고 놀았길래 다시 출연해 달라고 그럴까 그냥 궁금해서 그랬어."

"내 진가를 알아본 거겠지. 아, 이러다 진짜 데뷔하는 거 아닌가 몰라."

"회사 그만두려고?"

"미쳤냐? 잠깐 반짝하다 사라질 수도 있는데 그걸 왜 해. 그리고 지금 회사 바빠 죽겠는데 내가 빠지면 일이 돌아가질 않잖아!"

한겸은 범찬이 그래도 헛바람은 들지 않은 것 같아 다행이라고 생각하며 웃었다. 그때, 한겸의 휴대폰이 울렸다.

—메일 봐. 하늘 프로덕션에서 최종본 컨펌해 달란다. 더빙은 아직 안 한 상태고. 내가 가서 같이 볼까 했는데, 내일 출장 가야 되니까 바쁠 거 같아서 메일로 보냈어. 오늘은 혼자 보고 수정할 거 있으면 같이 보면서 얘기해.

“벌써 완성됐어요?”

—어. 내가 서둘러 달라고 했어. 내가 얼마나 짜증 나던지.

“왜요?”

—TX 그놈들 진짜 웃긴 놈들이야. 내가 서둘러 달라고 그랬더니 기간이 너무 짧다고, 자기 외주업체들 힘들단다. 그래서 기간 좀 늘려달래. 애초에 이런 일 없게 지들이 잘했어 봐.

“그런데도 빨리 했네요.”

—오히려 하늘 프로덕션에서 열심히 해주더라. TX 그 자식들은 나 있을 때나 그러지. 어우, 뭔가 기분이 이상해. 막 화나다가도 또 뿌듯하기도 하고 그런다. 아무튼 확인해 봐.

전화를 끊은 한겸은 곧바로 메일을 확인했다. 방 PD가 보낸 메일에는 퍼펙트 화이트라는 이름의 파일이 있었다. 한겸은 곧바로 첨부파일을 다운받은 뒤 재생시켰다.

‘키오 때 여기 부분은 색이 안 보였는데 잘 나왔네.’

중간중간 서승원이 노랗게 보이는 장면이 있었다. 특히 마지막 장면이 가장 마음에 들었다. 렌즈에 덮인 눈을 치우며 입꼬리를 올린 채 입을 벙긋거리는 모습. 아직 더빙이 안 된 상태이기에 아무 말도 들리지 않았지만 더빙이 입혀진다면 무조건 색이 보일 것이었다.

그렇다고 네 가지 컬러를 합친 광고에 이 장면을 쓸 수는 없었다. 너무 강렬한 나머지 마지막 장면을 쓰게 되면 기존의 다른 색 광고들도 화이트에 맞게 다시 제작해야 될 정도였다. 그러기에는 아쉽게도 시간이 부족했다.

"화이트 잘 나왔네. 범찬아, 서승원 씨하고 더빙 스케줄 잡아줘. 난 잠깐 경용 씨 스튜디오에 다녀올게."

한겸은 경용을 만나러 가기 위해 짐을 챙겼다.

*　　　　*　　　　*

TX의 총괄 팀장인 우병찬은 팀장들과 함께 하늘 프로덕션에서 보내온 광고를 보고 있었다. 처음 키오가 마약 의혹을 받는다는 기사를 접했을 때는 TX 전체가 비상이었다. 모델 선정을 TX에서 했던 만큼 자칫 잘못하면 또다시 불똥이 튈 수 있었다.

그렇다고 자신들이 해결할 수 있는 것은 없었다. 이제는 주 광고대행사가 아닌 제작에 참여하는 역할이었기에 C AD의 결정만 기다려야 했다.

그런데 갑자기 C AD에서 연락이 오더니 모델을 선정해 달라고 했다. 해결책이 있는 건가 기대를 했는데 결과는 전혀 아니었다. 모델을 선정해서 기존의 광고와 똑같이 만든다고만 알려왔다. 그럼에도 TX의 전 직원은 모델들을 조사해서 선정해 보냈고, 또 이유 모를 합성 작업까지 해서 보냈다.

그런데 모델은 리스트에 없는 인물이었다. 도대체 서승원을 왜 모델로 선정했는지 이해가 되지 않았다. 그런데 지금 광고를 보는 순간 그동안의 의문이 싹 가셨다.

"잘 나왔네. 다들 어때?"

"마지막 장면은 기존에 없었던 장면인데 너무 인상적입니다. 사실 앞에 다 버리고 뒤에만 써도 될 정도로 강렬합니다."

"저번에도 말씀드렸듯이 기획이 보통의 광고대행사들하고 다릅니다. 기획이 광고만으로 끝나는 게 아닙니다. 모든 것들을 광고에 연관시키고 있습니다. 서승원의 콘셉트를 바꿀 정도로 광고 모델과 DIO80을 일치시키고 있습니다."

우병찬도 그 부분이 가장 놀라웠다. 서승원의 모든 것이 광고를 연상시켰다. 요리나 노래 말고도 서승원의 다른 능력이 부각되면, 그땐 또다시 스키에 대한 언급이 나올 테고 자연스럽게 광고 노출 효과도 기대할 수 있었다. C AD는 광고를 미디어로 한정 짓지 않고 있었다.

"예상되는 효과는요?"

"서승원의 인기에 따라 달라지겠지만… 인기를 끌게 되는 순간 효과는 엄청날 것 같습니다. 문제는… 화이트 판매량만 올라간다면 저희가 비교될 수 있다는 점입니다. 특히 DIO 측에서 Anything is possible 이 카피를 무척 긍정적으로 보고 있습니다. 아마… 다음 DIO 신제품에도 영향을 끼칠 것이라고 예상됩니다. 이 정도라면 미리 준비를 하고 있었던 것 같습니다.”

우병찬은 앞으로도 C AD에 밀릴 일이 걱정됐지만 한편으로는 안도감도 들었다.

“예전에 이상한 전화 하던 그 또라이 같은 놈이 우릴 도왔던 거였네.”

*　　　*　　　*

며칠 뒤. 한겸은 촬영을 마치고 다시 한국에 돌아왔다. 해외 일정은 조금의 여가 시간도 없이 오로지 촬영뿐이었다. 그건 한국으로 돌아와서도 마찬가지였다. 원래도 여유가 없었는데 화이트 문제까지 더해져 조금의 여유를 가질 새도 없이 일을 진행해야 했다.

경용이 애쓴 덕분에 화이트에 들어갈 음악은 광고 전날 이미 완성되었다. 경용이 말했던 대로 밝은 느낌을 주면서 빠른 비트 때문인지 속도감까지 들었다. 음악이 들어가자 화이트 광고에 색이 보였다.

Anything is possible은 더빙 전이었기에 서승원만 노랗게 보였지만, 더빙이 된다면 분명히 색이 보일 것이라 확신했다.

그리고 한국으로 돌아와 확인한 결과, 예상대로 마지막 장면까지 색이 보였다.

이로써 화이트 영상광고는 이제 완성된 상태였다. 다만 그 외 다른 부분들도 함께 시너지가 이루어져야 영상광고가 좀 더 빛을 발할 것이었다. 그래서 한겸은 지금 경용과 함께 라온의 녹음실로 가는 중이었다. 한겸이 박재진이 허밍으로 부른 가이드 음원을 듣고 있을 때, 경용이 한겸의 팔을 살짝 건드렸다.

"김 프로님, 서승원 씨가 잘 부를까요?"

"이 PD님이 괜찮다고 하셨으니까 잘하지 않을까요?"

"후, 연습은 충분히 했는지 모르겠네요. 오늘 '나 혼자 삽니다' 촬영 팀도 오는데 연습 많이 했겠죠?"

경용도 인도네시아에 동행했었기에 강유와 메일을 통해 작업을 했다. 다행히 곡을 완성하긴 했는데 서승원이 어떻게 부르는지는 듣지 못했다.

승원도 박재진이 도와준다며 가이드 녹음한 음원을 들어본 게 다였다.

"좀 여유를 두고 연습도 좀 하고 가사도 제대로 썼는지 확인한 후에, 그러고 녹음해야 되는데… 가사나 제대로 썼으려나 모르겠어요."

원래대로라면 지금은 모든 것이 완성된 상태로 플랜 팀에서 계획을 짜고 수행하고 있어야 할 시간이었다. 그렇기에 모든 걸 빠르게 해결해야 했다.

그래서 다른 때라면 절대 허락하지 않았을 방송 촬영을 수락한 상태였다.

"김 프로님, 그런데 방송은 언제 나가는 거예요?"

"다음 주에 배정된다고 그랬어요."

"빠르네요."

"원래는 '나 혼자 삽니다' 멤버 나가려고 했는데 양해 구하고 한 주씩 밀었다네요."

"후아."

"긴장되세요?"

"엄청요. 전에는 큰 기대를 안 한 데다가 광고 일이 처음이라 정신 없었거든요. 그런데도 1위를 하고 나니까 이번에는 알게 모르게 부담감이 생기더라고요. 게다가 키오가 불렀던 화이트가 1위까지 찍었었잖아요."

"경용 씨가 밀어냈잖아요."

"그래서 더 부담돼요. 후우… 서승원 씨가 제대로 소화해 주면 그래도 괜찮을 거 같은데, 연습하는 걸 못 들어봐서 계속 걱정만 되네요."

경용과 대화하는 사이 라온에 도착했다. 이미 촬영 팀이 도착했는지 라온 스튜디오 앞에는 사람들이 분주하게 움직이고 있었다. 한겸은 서둘러 스튜디오에 올라갔다. 그러자 스튜디오와 관련도 없는 촬영 스태프가 출입을 통제하고 있었고, 한겸은 신분을 밝힌 뒤 안으로 들어갔다.

제3장

서승원 I

라온 스튜디오에 들어섬과 동시에 한겸을 반기는 인사가 들렸다.

"한겸이 왔냐."
"김 프로 왔어요?"
"김 프로님!"

박재진과 강유, 그리고 서승원까지 모두가 한겸을 반겼다. 한겸은 카메라들을 한 번 쳐다본 뒤 세 사람에게 다가갔다.

"서승원 씨, 지금 촬영 중인 거 아니에요?"

"잠깐 끊어가기로 했어요. 지금 가사 확인해야 돼서요."

"연습은 많이 하셨어요?"

"네, 이틀간 죽어라 하긴 했는데… 솔직히 잘은 모르겠어요."

서승원이 멋쩍은 웃음을 보이자 박재진이 서승원의 등을 툭 치며 말했다.

"한겸이가 뭐라고 그랬어. 화면에 무조건 자신 있게 나와야 된다고 그랬잖아."

"그렇죠. 그런데 지금 촬영 안 하잖아요."

"그래도 그 콘셉트 유지해야지. 너 가사도 그 콘셉트대로 써 왔잖아."

"그건 가사고 노래는 조금 다르죠."

"충분히 잘하니까 하던 대로만 해. 한겸이랑 경용이는 이것 좀 보고. 승원이가 써 온 가사인데 내가 조금 음절에 맞게 수정만 한 거야. 내가 보기에는 꽤 괜찮은 거 같더라."

한겸과 경용은 박재진이 내민 종이를 받았다. 종이에는 가사가 적혀 있었고, 한겸은 천천히 읽어 내려갔다.

"제목이 'Anything is possible'이네요."

"아! 그거요. 어떤 제목으로 할까 하다가 고민했는데 김 프로님이 만드신 카피만큼 강렬한 게 없더라고요. 콘셉트에도 잘 맞고요."

한겸은 만족해하는 표정을 짓고는 가사를 읽어 내려갔다.

「때론 나의 꿈을 누군가는 비웃기도 했지.
그래도 난 하루하루를 열심히 보냈지. 즐거웠어.
매일매일 새로웠고, 매일매일이 신선했어.
내가 변해간다는 것이 느껴졌으니까.
…….
Anything is possible, 나를 봐. 모든 걸 할 수 있게 됐잖아.
Anything is possible, 별거 아니야. 너도 꿈을 잃지 마.」

한겸을 가사를 처음부터 다시 읽어 내려갔다. 어떤 마음으로 가사를 적었는지 알 것 같았다. 약간 콘셉트에 어긋나는 느낌도 들긴 했지만, 광고에 의미를 부여하기에는 지금 가사가 꽤 괜찮다고 느껴졌다. 한겸은 웃으며 서승원을 봤다.

"DIO도 고려해서 쓴 거예요?"
"어… 단번에 아시네요? 재진 선배님은 모르시던데."

박재진은 장난스럽게 삐진 표정을 짓더니 승원의 팔을 툭 건드렸다.

"다 알고 있었대도 그러네. 가사가 너무 자본주의에 흠뻑 빠진 거 같아서 뮤지션으로서 모른 척한 거지."

그때, 가사에 담긴 의미를 혼자서만 모르던 경용이 한겸에게 물었다.

"이게 무슨 뜻인데요……? 그냥 잘난 척하면서 아! 잘난 척은 아니고요. 아무튼 청소년들한테 꿈 잃지 말라고 말하는 거 같은데요?"

"그렇게 느낄 수도 있는데, DIO 상황하고도 비슷해요. DIO가 휴대폰 시장에서 평가가 그렇게 좋지 않잖아요. 그런데 포기하지 않고 끝까지 개발하고 발전시켜서 기능 면으로는 전혀 부족하지 않아졌고요. 그런 걸 담은 거 같아서요."

"아, 그렇구나."

한겸은 자신이 얘기한 게 맞느냐는 얼굴로 승원을 봤다. 그러자 승원이 굉장히 어색해하며 입을 열었다.

"사실 그냥 제 자신에 대해서만 쓰려고 했는데… 아무래도 입금이 되다 보니까 마음속에서 DIO가 계속 걸리더라고요. 그래서 DIO도 공감할 수 있는 걸 찾다 보니 이런 가사가 나왔어요."

"괜찮은 거 같아요."

"휴, 다행이다."

승원이 가슴을 쓸어내리자 박재진이 어이가 없다는 듯 쳐다봤다.

"넌 내가 괜찮다고 할 때는 계속 괜찮냐고 되묻더니, 한겸이가 괜찮다고 하니까 안도하냐? 음악만큼은 내가 한겸이보다 전문가야."

"그냥 김 프로님이 괜찮다고 하면 진짜 괜찮은 거 같아서요."

"하긴 김 프로가 없는 말은 안 하지."

그때, 촬영 팀 PD가 촬영을 이어가자고 알렸다. 리얼리티 관찰 예능이었기에 카메라는 최소한만 있었다. 하지만 있을 자리가 없기도 했고 방송에 나올 생각도 없었기에 한겸은 서둘러 자리에서 일어났다.

"재진 형님, 모니터링 어디서 해요?"

"위층 사무실에서 하고 있어. 내가 말해뒀으니까 올라가서 보면 돼. 그리고 네가 걱정할까 봐 미리 말해두는데, 지금은 그냥 방송용으로 촬영하는 거고 제대로 된 녹음은 이따 촬영 팀 가고서 할 거야. 2시간 촬영하고 3시간 틈 있거든. 그리고 저녁에 승원이는 집에 가서 또 촬영 이어가고. 내일은 스튜디오 촬영 있대."

한겸을 많이 겪어본 박재진은 한겸이 물어보기도 전에 미리 설명을 했다. 한겸은 그 설명이 만족스러웠는지 웃으며 자리에서 일어났다.

3층에 올라가자 실시간으로 촬영하는 모습을 모니터하는 모습이 보였다. 한겸은 또다시 제작진들에게 신분을 밝히고는 방해가 되지 않도록 조용히 뒤에 자리했다.

전부 헤드폰을 끼고 있었기에 촬영 지시를 내리는 말만 들릴 뿐 촬영 중인 아래층의 소리는 들리지 않았다.

"아, 궁금하다. 김 프로님은 안 궁금하세요?"

"저도 궁금한데 헤드셋 좀 같이 듣자고 할 순 없잖아요. 그냥 분위기만 봐야죠."

한겸은 한참을 아무런 소리가 들리지 않는 화면만 쳐다봤다. 경용은 지루한지 이리저리 기웃거리기만 했다. 그때, 한겸이 경용에게 화면을 가리켰다.

"노래 시작하나 봐요."

"어차피 들리지도 않잖아요."

"사람들 반응 보면 어느 정도는 알 수 있을 거 같아요."

한겸은 화면과 주변에 있는 촬영 스태프들의 표정을 번갈아 쳐다봤다. 그때, 헤드셋을 착용한 두 사람이 갑자기 놀랍다는 듯 입을 동그랗게 모았다. 그러더니 헤드셋 한쪽을 살짝 올리고는 대화를 시작했다.

“이거 ‘눕고 싶어’ 맞지?”

“네. 서승원 노래 엄청 잘하는데요?”

“최 작가가 잘한다고 하긴 했는데 이 정도일 줄은 몰랐네. 이건 그냥 가순데?”

“그러게요. 그림 잘 나오겠는데요? 컨셉질 한다고 그래서 걱정했는데 스키도 선수급, 요리도 셰프급, 노래도 가수급. 이건 뭐…….”

“그래도 이거 시청률 떡상 할 거 같지 않냐? 박재진도 나와주고. 이번에 기대 좀 되는데?”

한겸은 경용을 보며 소리 나지 않게 입만 벙긋거렸다.

‘잘. 했. 나. 봐. 요!’

“뭐라고요? 뭘 잘 있나 봐요? 제가 뭐 봐야 돼요?”

한겸은 눈치 없는 경용의 모습에 고개를 돌려 버렸다. 그러고는 경용을 다시 보지 않고 계속 모니터만 쳐다봤다. 분할된 모니터 속 승원은 주야장천 노래만 부르고 있었고, 또 다른 화면에는 박재진과 강유가 놀랍다는 표정으로 서승원을 평가하는 모습이 나왔다.

‘역시 재진 형이네. 연기는 진짜 잘하셔.’

마치 처음 듣는 사람처럼 감격까지 받은 얼굴이었는데 모습이 무척 자연스러웠다. 한겸은 그 모습을 보며 피식 웃었다. 잠시 뒤, 또다시 서승원이 녹음 부스에 들어가는 장면이 나왔다. 그러자 앞에 자리한 PD들이 또 대화를 나눴다.

"이게 이번에 공개한다는 신곡이지?"

"아마 그럴 거예요."

"이거 무대 없이 음원 공개라서 우리한테만 공개인데, 일단 스튜디오에서 맛보기용으로 가볍게 불러주고 그다음이 문제네요. 앞에 노래 부르는 것도 버리기 아까운데, 그럼 녹음 부스 안에 있는 모습만 나와서 이 그림만 담기에는 좀 그럴 거 같은데요."

"그렇겠네. 교차편집 해야지. 스키장에서의 그 장면은 광고로 나갈 거라서 잘못하면 방통위에 권고 맞을 수도 있을 거 같은데."

"그건 안 되지. 우리 저번에도 권고 맞아서 이번엔 불려가."

"그렇죠. 그렇다고 요리하는 장면하고 녹음 부스를 교차편집 하면 그림이 조금 웃길 거 같기도 하고. 뮤직비디오라도 있으면 마지막에 틀어주면 될 건데, 뮤직비디오도 없잖아."

"그럼 지금 부르는 장면을 짤막하게 보여주고 맨 뒤에 뮤직비디오처럼 부스에서 노래 부르는 장면을 넣을까요?"

"차라리 그게 낫겠네. 네가 오늘 편집 담당이야?"
"네. 최 작가님하고 같이요. 가뜩이나 촬영이 갑작스럽게 잡혀서 바쁜데 편집까지 하려니까 벌써부터 머리가 아프네요."

뒤에서 대화를 듣고 있던 한겸은 속으로 광고에 나갈 장면을 사용하라고 응원했다. 스키를 타는 모습이 나온다면 광고에도 영향을 줄 것 같다는 생각이었다. 하지만 이내 방송통신위원회에 지레 겁을 먹고 포기하는 모습에 살짝 실망했다.
한겸은 마치 제작진이라도 된 듯 어떻게 하면 서승원의 모습이 멋있게 담길까 고민했다. 그러던 중, 서승원에 대해서 알아볼 때 제작진에게 들었던 내용이 떠올랐다. 한겸은 또다시 PD들의 표정을 살피고는 조심스럽게 입을 열었다.

"실례합니다. 어쩌다가 대화를 듣게 됐는데요."
"네?"
"다름이 아니라 제 생각으로는 이 장면이 요리하는 장면하고는 어울릴 거 같지 않아서요. 부스 안에서 노래 부르는 모습은 괜찮긴 한데 너무 정적이라서 효과가 좀 없을 것 같거든요."

한겸이 어디서 왔는지 알고 있던 PD들은 약간은 불쾌해하는 표정을 지었다. 한겸도 느끼고 있었지만, 자신이 생각한 대로 하는 편이 그림이 훨씬 좋을 것 같았기에 서둘러 말을 뱉었다.

"서승원 씨가 작년에 출연했을 때 촬영했던 스키 장면을 이용하시는 게 어떨까요? 그럼 1년도 전에 촬영했던 화면이라 광고와는 무방할 거 같거든요. 원래 내보내려고 생각하셨으면, 그 장면을 미공개영상이라고 밝히면서 뮤직비디오처럼 내보내면 괜찮을 거 같은데요. 어차피 1년 전 영상이라 길게 내보내시진 않을 거 같은데. 괜찮지 않나요? 위치도 제일 마지막에 넣으면 사람들이 끝까지 보지 않을까요?"

PD들은 서로의 얼굴을 쳐다보더니 이내 한겸을 이리저리 살폈다.

"혹시 범찬이 친구세요?"

범찬은 또 언제 저 PD들과 친해졌는지, 언제 저 사람들에게 자신의 얘기를 했는지, 또 무슨 얘기를 어떻게 했길래 자신을 알아보는지 한겸은 깜짝 놀랐다.

*　　　*　　　*

며칠 뒤. 촬영 편집이 끝나 최종본이 완성되었다. TX에서 보내온 최종본을 본 기획 팀원들은 좋아하는 것도 잠시, 긴장이 풀렸는지 모두가 축 처진 상태였다. 그동안 얼마나 고된 강행군을 했는지 몸으로 보여주고 있었다. 종훈은 의자에 축 늘어진 상태로 입을 열었다.

"이번엔 진짜 힘들었던 거 같아. 다들 고생하셨어요."

"오빠도 고생했어. 그나저나 TX가 정신 차린 건가? 말하지도 않았는데 최종본을 5개나 보냈어."

그러자 책상에 엎드려 있던 범찬이 갑자기 벌떡 몸을 일으켰다.

"정신 차리기는! 그거 내가 그렇게 해달라고 한 거거든?"

"네가?"

"그래 내가 그렇게 해서 보내라고 했어. 하나는 처음 기획대로 기존 카피인 Everywhere DIO80만 넣는 거 보내라고 했는데, 생각해 보니까 그렇게 되면 우리가 또 일을 해야 될 거 같았거든."

"그게 또 뭔 소리야."

"겸쓰가 마음에 안 들면 카피 넣어보라고 하고 그럴 거 아니야. 그러니까 애초에 TX 시킨 거지. 우리가 총괄이잖아."

"참 대단하다. 그래서 각 장면마다 Anything is possible 넣으라고 한 거야?"

"정답! 그거 겸쓰가 마음에 들어 하는 카피니까 넣으라고 했지. 그리고 가장 마지막에 넣는 것도 시키고."

수정은 기가 막힌다는 표정으로 성의 없는 박수를 보냈다.

"기왕 시킬 거 막 열 가지, 아니지, 백 가지 버전으로 시키지 그랬어?"
"너는, 너는 애가 왜 그러냐. 사람이 정도가 있지."

범찬은 장난스럽게 웃으며 기지개를 켰다. 그러고는 각자 자리에서 축 처져 있는 팀원들을 둘러봤다.

"다들 체력이 이렇게 약해서야! 나 봐요! 난 예능도 출연하고 일도 하고 그랬는데! 아직 끝난 거 아니니까 긴장 풀지 말아요! 겸쓰가 됐다고 해야지 끝난 거잖아요! 그리고 또 DIO 컨펌도 남아 있고!"

언제 엎드려 있었냐는 듯 기운이 넘치는 범찬의 모습이었다. 팀원들은 다들 동의한다는 듯 모두가 한겸을 쳐다봤다. 하지만 한겸은 시선을 느끼지 못할 정도로 골똘히 모니터를 보며 생각에 잠겨 있었다.

*　　　　*　　　　*

광고 영상을 말없이 한참이나 보던 한겸이 입맛을 다셨다.

'아, 실수했네…….'

색이 보이는 장면들을 모아 광고를 만들었기에 큰 기대를 했다. 그런데 최종본을 받아보니 생각과 달랐다. 각 장면마다 위화감이 들지 않게 연결 신을 구상했고, 연결 신에서도 색이 보이는 걸 확인했다. 그런데 모든 걸 조합해 놓자 광고에서 색이 보이는 부분이라곤 처음에 서승원이 나오는 화이트뿐이었고, 그 뒤로는 마치 예전에 색이 보이지 않았던 때로 돌아간 것처럼 온통 회색이었다. 게다가 화이트를 제외하고, 카피가 들어간 부분의 카피 색깔이 빨갛게 보이고 있었다.

그렇게 보이는 이유는 이미 알고 있었다. 모델들과 카피가 어울리지 않았다. 그리고 화이트 또한 문제였다. 그때, 범찬이 한겸의 책상에 걸터앉아 책상을 노크하듯 두드렸다.

"겸쓰, 도대체 뭘 하고 있는데 대답도 안 해."

"그냥 광고 보고 있었지."

"이제 뭐 수정하고 자시고 할 시간도 없는데 뭘 계속 봐. 열흘 뒤 쇼케이스에 공개하고 곧바로 광고 게재 시작하는데 지금 봐도 못 고쳐."

"그래서 그냥 보고 있는 거라니까."

"그 말이 더 무서워! 우리 전부 다 광고 잘 나왔다고 좋아했는데 넌 도대체 어디가 마음에 안 드는데?"

한겸은 아니라는 듯 고개를 저었다.

"내가 보기에도 좋아."

"그럼 뭐가 문제인데?"

"다 좋긴 한데 화이트가 너무 튀는 느낌이 들지 않아?"

"당연하지. 우리가 만든 거니까 당연히 튀… 와. 자기 자랑하는 방법도 여러 가지네. 그래, 네가 촬영한 게 제일 잘 나왔다. 됐냐?"

"그런 게 아니라, 뒤에 것들도 좋은데 화이트가 너무 튀어서 뒤에 나오는 장면들을 잡아먹는 느낌이라 그래."

범찬은 자리를 옮겨 한겸의 옆으로 왔다. 그러고는 다시 광고를 보기 시작했다.

"네 말대로 그런 거 같기도 하고. 그래도 이거 더 이상 못 건드려. 뒷장면들 다시 촬영할 순 없잖아. DIO도 얼마나 초조했으면 오늘 바로 컨펌받겠다고 그러냐. 그것도 자기네들이 직접 온다고 그러고."

"알아. 그냥 조금 아쉬운 거야."

"뭘 아쉬워해. 화이트 말고 다른 색 안 팔릴 거 같아서 그러냐? 화이트도 DIO80인 거 알고는 있지?"

"당연히 알지."

"그럼 화이트 잘 팔려서 부진한 다른 색 판매량 메우면 되는데 뭔 쓸데없는 걱정을 하고 그래."

범찬의 말처럼 화이트, 블루, 퍼플, 블랙 모두가 DIO80이었다. 그래서 적절하게 조화를 맞춰야 했는데, 하나가 너무 튀어버려 다른 컬러들의 빛이 바랬다. 그렇다고 화이트를 다른 컬러에 맞게 다시 찍고 싶은 생각은 없었다. 한겸은 아쉽지만 수긍한다는 듯 고개를 끄덕거렸다.

"이대로 컨펌 받아보자. 후."

* * *

한겸은 DIO의 관계자들과 미팅 중이었다. 최종본을 보는 DIO 관계자들의 표정은 무척 좋았다.

"오. 렌즈에 튄 눈이 안개꽃으로 변하는 게 굉장히 자연스럽네요. 그림도 굉장히 예쁘게 담겼고요. 저번에 봤을 때와는 또 다르네요."

관계자들의 칭찬에도 한겸은 가볍게 웃을 뿐 별다른 말을 하지 않았다. 그저 관계자들이 다 본 뒤 내릴 평가를 기다렸다.

관계자들은 몇 번이나 광고를 돌려보며 자기들끼리 의논을 거쳤다. 잠시 뒤 관계자들 중 한 사람이 의아해하는 표정으로 물었다.

"김 프로님, 지금 보여주신 게 최종본이 맞나요?"
"네. 최종본이에요."
"음… 이상한데요?"

이상하다는 말을 들은 한겸은 기분이 이상했다. 긴장이 된다거나 시간상 어쩔 수 없었으니 억울할 수도 있었는데 그런 기분은 아니었다. 속에서 열이 올라올 정도로 화가 났다.

제작자도 아닌 관계자가 광고가 부족하다는 걸 알아차렸다. 마케팅 담당자라 안 걸 수도 있었지만, 눈썰미가 좋은 소비자들도 알아차릴 것이었다. 광고가 부족한 것은 아니었지만, 그래도 한겸은 이상하다는 말을 듣는 순간 자신도 모르게 핑계를 떠올렸다. 알아채지 못한다면 그대로 넘어갈 생각을 한 스스로에게 화가 났다. 한겸은 이를 한번 꽉 깨문 뒤 입을 열기 시작했다.

"이상하다고 느끼실 수 있습니다. 화이트 광고가 너무 잘 나와서 화이트에 시선이 집중되고 있습니다. 저희도 예상하지 못한 부분입니다. 죄송합니다."
"네?"

관계자들은 당황한 표정으로 한겸을 봤다.

“그런 말이 아닌데. 광고는 충분히 마음에 듭니다. 화이트도 DIO인데요. 강렬한 게 더 마음에 들고요. 제가 이상하다는 건, 저희가 보고받기로는 카피가 있었는데 최종본에는 그게 없어서 그런 겁니다. Anything is possible. 그 카피 말입니다. 저번 미팅에 말씀하신 거처럼 화이트에만 들어가는 겁니까?”

“아…….”

“저희 내부 회의에서 그 카피를 굉장히 마음에 들어 했습니다. 그동안 DIO의 발걸음을 표현한 것 같다는 의견들이 많았거든요. 이번 기회에 DIO의 대표 카피를 ‘Everywhere’ 대신 ‘Anything is possible’로 바꾸자는 말까지 나왔거든요. 그래서 기대를 했는데 그 카피가 보이지 않아서요.”

광고에 대한 지적이 아니라는 말에 한겸은 헛웃음을 뱉었다. 카피에 대한 건 이미 예전부터 조사를 마친 상태였기에 바로 설명을 할 수 있었다.

“저희도 넣을까 했는데 광고 콘셉트상 그건 화이트에만 효과를 볼 수 있다고 판단했습니다. 그래서 4가지를 섞은 광고에는 사용하지 않았습니다. 4가지를 섞은 광고에는 기존의 카피인 ‘Everywhere’를 사용하는 게 더 괜찮은 것 같았습니다.”

"왜죠?"

"카피가 자리를 잡은 상태라면 넣었을 겁니다. 하지만 새롭게 선보이는 카피라서 그랬습니다."

"새롭게 선보이는 만큼 꾸준히 노출을 해야 하는 게 맞는 거 같은데요?"

"아시겠지만 노래를 통해 꾸준히 노출은 될 겁니다."

"알죠. 그래도 광고 카피로 어필하는 게 더 좋지 않나요?"

"세뇌를 하듯 음을 넣지 않은 이상, 카피를 사람들에게 제대로 인식시키려면 카피를 보고 머리로 이해할 수 있어야 합니다. 그러니까 제품과 카피가 동일시될 때 가장 큰 효과를 발휘한다는 거죠. 그런데 DIO는 그렇지 못합니다. 물론 휴대폰은 좋습니다. 다만 휴대폰 시장에서 점유율이 낮은 만큼 사용자 수도 적어서, 다수의 소비자들이 카피를 제대로 이해할 수 없다고 생각했습니다."

"그렇습니까……?"

"그래서 서승원 씨를 만능 콘셉트로 잡고 모델로 출연시킨 겁니다. DIO80과 서승원 씨를 동일시하게 만들려고요. 그리고 또 다른 이유도 있습니다. 사실 이게 가장 컸습니다."

"그게 뭐죠?"

"서승원 씨를 제외한 다른 모델들은 뭐든지 가능한 능력자 콘셉트가 아닙니다. 그래서 차라리 화이트에만 카피를 사용하는 게 나을 거라고 판단했습니다."

이미 다른 광고에도 'Anything is possible'을 넣어 확인한 상태였다. 그렇기에 한겸은 확신에 찬 표정으로 관계자의 말을 기다렸다. 그럼에도 관계자들은 아쉬워하는 표정이었다.

"그래도 너무 아까운… 아! 그래서 이 통합 광고에서 화이트만 눈에 띄게 만드신 겁니까? 하긴, 같은 DIO라고 해도 주력이 있는 게 맞죠. 안 그래, 이 과장?"

"맞습니다. 동양 스페이스만 봐도 맞는 거 같습니다. 스페이스 11 그래비티 블랙이 다른 컬러들을 다 합친 것보다 많이 판매되었습니다. 그런 부분까지 고려하시다니 역시 C AD네요."

행동 하나하나에 의미가 담겨 있다고 생각하는지 칭찬을 했다. 하지만 한겸은 고민하지도 않고 고개를 저었다.

"그건 조금 전에 말씀드렸듯이 저희도 예상하지 못한 부분입니다. 지금은 화이트를 통해 카피를 알리고 소비자들에게 인식시키는 작업이 될 겁니다."

"아니라고요……? 음, 그럼 인식이 될 동안은 그 카피를 쓰면 안 된다는 건가요?"

"그건 아닙니다. 혹시 이렇게 물어보시는 이유가 쇼케이스에 사용할 생각이신가요?"

"C AD가 이벤트 기획은 하지 않아서 다른 회사와 쇼케이스 작업 중입니다. 그래서 저희도 최종적으로 무대 설치나 영상에 관한 걸 확인해 줘야 하거든요. 저희는 그 카피가 강렬해서 꼭 넣었으면 하는 의견들이 많았습니다."

"소개하는 자리니까 그건 괜찮습니다. 다만 소비자들이 이해할 준비가 안 된 상태에서 너무 공격적으로 어필하면 효과가 떨어질 수도 있다고 판단됩니다."

"적당히 하라는 말이군요."

"당분간은 그게 좋을 겁니다. 그리고 소비자들에게 제대로 인식이 된다면 그때는 DIO를 상징하는 카피가 될 수도 있을 겁니다."

"오. 멀리 보셨군요."

관계자들은 한겸의 설명을 듣고 무척이나 흡족해했다. 이미 한겸의 설명에 홀딱 넘어간 것처럼 보였다.

"그런데 서승원 씨 방송은 언제 나옵니까?"

"딱 열흘 뒤에 나옵니다."

"저희 쇼케이스와 같은 날입니까? 혹시 맞추신 겁니까?"

"네. 그리고 첫 광고는 아마 다음 날이 될 겁니다."

"쇼케이스가 낮인데 오후에 게재하는 게 좋지 않을까요? 아! C AD에서 알아서 하겠지만 그냥 제 의견일 뿐입니다."

"지금 우리 플랜 팀이 게재 계획을 짜고 있습니다. 아마 첫 광고는 서승원 씨가 출연하는 '나 혼자 삽니다'에 배치될 것 같습니다. 그 시간이 00시 3분 정도 될 겁니다. 그리고 방송이 끝나고 첫 번째 자리에도 배치될 예정입니다. 최대한 효과를 볼 수 있는 배치라는 분석입니다."

"오, 기대됩니다! 광고도 이대로 진행해 주시죠."

최종 컨펌을 별일 없이 통과했지만, 한겸은 이번에도 역시 아쉽기만 했다. 조금만 더 여유가 있었다면 아마 색을 볼 수 있지 않았을까 하는 생각이 머릿속에 가득했다.

* * *

쇼케이스 당일. DIO의 초대를 받은 한겸은 행사장을 이리저리 둘러봤다.

휴대폰에 대한 소개를 하는 언팩 행사와는 달리 자유스러운 분위기가 넘쳤다. 포토 존을 지나쳐 갈 때 범찬이 손가락을 내밀며 말했다.

"종훈이 형! 저기, 저기 봐요! 메이플 메인 보컬 보라 왔다. 헐! 와! 메이플 전부 다 왔네! 아, 인사해야 되는데! 내가 촬영할 때 진짜 잘해줬거든요!"

"와… 컬러를 담당한 모델만 올 줄 알았는데 그룹 전체가 같이 왔네. 노래 부르는 거 구경하러 왔나?"

"종훈 오빠까지 그럴 거야? 지금 우리가 연예인 볼 때가 아니잖아! 다른 프로님들도 너무하시네!"

수정은 한겸의 눈치를 보며 다른 기획 팀원들을 다그쳤다. 그러자 팀원들도 한겸의 눈치를 살폈고, 한겸은 괜찮다는 듯 손을 저어가며 말했다.

"괜찮으니까 다들 편하게 보세요. 수정이 너도 편하게 봐."

"왜? 우리도 나중에 이런 쇼케이스 같은 거 기획하려면 다 봐둬야지."

"우리는 이벤트 행사 안 해. 앞으로도 할 생각 없고."

"그럼 왜 온 거야?"

"초대받았잖아."

"아니! 내 말은 왜 똥 먹은 개 상… 그러니까 표정 굳어서 이리저리 둘러보기만 하니까 그런 거지."

한겸은 얼굴을 쓰다듬었다. 광고에 대한 아쉬움과 걱정이 얼굴에 드러난 모양이었다. 대만 분트의 광고도 여전히 큰 반응이 없다 보니 약간은 걱정된 마음도 있었다.

"난 진짜 괜찮아. 여기서 뭐 배워 갈 거 없으니까 다들 편하게 봐요. 그런데 왜 다들 내 옆에만 붙어 있어요?"

한겸이 웃으며 말하자 팀원들은 그제야 사방으로 흩어졌다. 한겸은 웃으며 행사장 안으로 들어갔고, 수정도 한겸을 따라오려고 했다. 한겸은 그런 수정을 보고 웃으며 말했다.

"나 진짜 괜찮으니까 나보다 범찬이 관리나 좀 해줘."
"하아… 너희들은 왜 이렇게 손이 많이 가냐. 너 정말 괜찮지?"
"괜찮아. 그리고 경용 씨도 이제 곧 올 거고."
"알았어. 최범찬 사고 치기 전에 가야겠네."

수정이 서둘러 자리를 떴고, 한겸은 행사장을 이리저리 둘러봤다. 규모만 봐도 DIO에서 이번에 얼마나 공을 들였는지 느껴졌다. 행사장 안은 또 어떻게 꾸몄을지 살펴보러 들어가려 할 때였다. 퀭한 얼굴의 경용이 고개를 숙인 채 들어오고 있었다.

*　　　*　　　*

한겸은 의아한 표정으로 경용을 불렀다.

"경용 씨."
"아! 김 프로님!"
"죄지었어요? 왜 그렇게 고개를 숙이고 오세요."
"휴, 저기 기자들 있어서요. 제 꼴이 지금 이런데 괜히 포토존으로 가서 사진 찍히면 민망할 거 같아서요."
"경용 씨를요?"
"네? 아… 저 그래도 연예인인데… 천가길."

"알죠! 천가길!"

경용이 또 서운해하는 표정을 본 한겸은 서둘러 말을 돌렸다.

"서승원 씨는 어때요?"

"아까 도착했는데 언제 오냐고 난리도 아니에요. 안 그래도, 김 프로님도 같이 와달라고 했어요."

"저를 왜요?"

"마음의 안정이 안 된대요. 화이트가 첫 번째 공연이라서 더 떨리나 봐요. 리허설 했는데도 자기가 뭘 하고 있는지 모르겠다고 그러더라고요."

"또 매니저도 없이 혼자 왔겠네요."

"아! 재진 선배님이 라온에 말해서 오늘 하루는 도와줄 사람 있을 거예요. 아무튼 빨리 가죠."

한겸은 대기실에 가면 다른 연예인들을 볼 수 있을 거라는 생각에 팀원들을 부를까 고민했다. 하지만 정신이 없을 수도 있겠다 싶어 이내 생각을 접었다.

잠시 뒤, 한겸은 서승원의 대기실에 도착했다. 대기실이 넉넉하지 않았는지 두 사람이 함께 쓰고 있었다. 서승원과 대기실을 같이 쓰게 된 사람은 메이플의 보라로, 퍼펙트 퍼플의 모델이었다. 한겸은 괜히 더 정신없게 만드는 건 아닐까 잠시 고민했지만, 보라와도 모르는 사이가 아니었기에 이내 문을 두드렸다. 그러자 문이 열리며 익숙한 얼굴이 보였다.

"용진 씨가 오늘 도와주러 오신 거예요?"
"김 프로님!"

박재진의 매니저인 용진이 무척이나 반가워하며 한겸을 대기실 안으로 안내했다. 안으로 들어간 한겸은 어색한 웃음을 지으며 경용을 봤다. 경용도 어이가 없다는 표정이었다.

"긴장해서 구석에 주꾸미처럼 있을 줄 알았는데… 아주 얼굴에 꽃이 펴 있네요."
"그러게요."

승원은 메이플의 멤버들에게 둘러싸여 한겸이 온 줄도 모르는 눈치였다. 그저 신난 얼굴로 얘기를 하고 있었고, 메이플 멤버들은 흥미로운 표정으로 듣고 있었다. 매니저 용진이 승원에게 알리려 했지만, 한겸이 웃는 얼굴로 내버려 두라는 시늉을 했다.

"그러니까 선배님은 김 프로님이 직접 찾아오신 거예요? 그 웃지도 않고 그냥 계속 모니터만 보는 분이 김 프로님 맞죠?"
"아, 촬영장에서 보셨겠구나. 아무튼 그랬다니까요. 제가 계속 안 하겠다고 그랬는데도 찾아와서 하자고 그러더라고요. 리허설 때 부른 노래 좋다고 그랬죠?"

"네! 진짜 좋더라고요. 노래 진짜 잘하시던데요?"

"그거 사랑을 나눠요 작곡가가 만들어준 곡이거든요. 김 프로가 저보고 꼭 노래도 해야 된다고 그래서. 하하."

"와… 저 촬영할 때는 말 한마디도 안 하고 그냥 모니터만 보고 계시던데. 그런데 저희 본부장님이 하신 말씀이 진짜네요. C AD에서 나온 사람 있으면 꼭 인사하라고 그러셨거든요."

"왜요?"

"광고 묻힐 뻔한 거 C AD에서 이어나가서 저도 계속할 수 있게 된 거거든요. 그리고 C AD가 모델을 섭외하면 그 모델은 반드시 성공한다고 그러셨어요."

"그래도 인사는 받아줄 텐데. 김 프로가 그런 사람은 아니에요. 진짜 자기 사람들한테 정말 잘해주거든요. 박재진 선배님도 김 프로 때문에 도와주신 거예요. 아! 오늘 방송 나가는데."

계속해서 자신의 얘기가 나오자 한겸은 멋쩍은 표정을 지었다. 승원이 잘 있는 모습을 확인했으니 조용히 나가려고 할 때 또다시 자신의 얘기가 들렸다.

"전 얘기도 못 해봤어요."

"촬영장에서 본 거 아니에요?"

"맞아요. 인사는 받아주셨는데 그걸로 끝이었어요. 다른 말도 없이 그냥 계속 안개꽃 하늘로 던지라고만 하시더라고요. 막 방향 바꿔서 던져보라고 하고, 그냥 계속 던지기만 하라고 그랬어요. 잘 보이려고 있는 힘, 없는 힘 다 짜내면서 던졌는데… '됐어요' 한마디 하시더니 가버리셨거든요. 그 다른 분이 계속 매니저 오빠처럼 음료수 가져다주고 간식 가져다주고는 하셨는데."

"범찬인가?"

대화를 듣던 한겸은 자신도 모르게 피식 웃어버렸다. 그때는 대화를 나눌 시간조차 없었다. 그저 시간 안에 촬영을 끝내야 했기에 했던 행동이었다. 그때 한겸의 웃음소리를 들었는지 메이플 멤버들이 고개를 돌렸고, 서승원도 멤버들 시선을 따라 고개를 돌렸다.

"어? 경용 씨? 김 프로님? 어……? 언제 오셨어요?"

대화 주제의 장본인이 등장하자 순간 모두가 당황해하는 표정으로 한겸을 봤다. 한겸은 웃으며 가볍게 인사를 했다.

"잘 계신 거 같으니까 그만 가볼게요. 이따가 노래 잘하세요!"

"아! 그렇게 가시면 좀 이상해지는데……."

"아니에요. 준비 잘하세요. 보라 씨도 공연 잘하시고요."

승원은 자리에서 벌떡 일어나더니 한겸에게 다가왔다.

"저 김 프로님 칭찬만 했습니다. 아시죠?"

"네. 그렇게 들렸어요. 후후."

"진짜라니까요. 다들 노래 듣고 너무 좋다고 그러면서, 어떻게 모델 하게 됐냐고 물어봐서 얘기한 것뿐이에요."

"왜 자꾸 변명하시는 거같이 그래요. 괜찮아요."

"그냥 없는 자리에서 얘기했으니 오해할까 봐 그렇죠. 이따가 밤에 회사에서 모니터하실 거죠?"

"'나 혼자 삽니다'요?"

"네, 범찬이한테 회사에서 모니터한다고 들었거든요. 저도 이따가 양손 무겁게 해서 찾아갈게요."

"알겠어요. 저 진짜 괜찮으니까 공연 준비 잘하세요."

한겸은 웃으며 다시 메이플 멤버들에게까지 인사를 하고는 대기실을 나섰다. 그러자 경용이 무척 신이 난 표정으로 입을 열었다.

"김 프로님! 메이플이 제가 만든 노래 좋다고 한 거 들으셨죠?"

"들었어요. 저도 좋다고 그랬잖아요."

"김 프로님은 제가 가수였던 것도 잘 모르고 계셨잖아요."

"알죠. 그냥 자꾸 같이 일하다 보니까 깜빡한 거죠."

“크크, 괜찮아요. 작곡가로 이렇게 성공하게 될 줄은 진짜 몰랐어요. 진짜 김 프로님 만난 게 제 인생에서 가장 큰 행운 같아요.”

“민망하게 왜 그러세요.”

“다들 그럴걸요? 재진이 형도 그랬는걸요.”

한겸은 계속해서 들리는 자신의 칭찬에 멋쩍은 미소를 지었다.

“요즘도 계속 작곡 연습하세요?”

“당연하죠. 김 프로님하고 일하면서 실력이 좀 는 게 스스로도 느껴지거든요. 강유 선배님도 칭찬해 주시고 그러셨어요.”

“그럼 원하시던 대로 광고음악 말고도 경용 씨 음악 들을 수 있겠네요?”

“크크, 그렇게 될 수 있도록 열심히 해야죠.”

그때, 대기실 문이 열리더니 메이플의 매니저가 나왔다. 그러고는 한겸에게 인사를 건넸다. 메이플 멤버를 광고 모델로 쓸 생각은 전혀 없었기에 매니저의 인사가 부담스러웠다. 그런데 매니저가 한겸이 아닌 경용에게도 인사를 했다. 그러고는 경용에게 명함을 건네더니 말하기 시작했다.

“전 숲 엔터의 매니저 실장을 맡고 있는 안재식이라고 합니다. 따로 꼭 한번 만나 뵙고 싶어서 바쁘신데 붙잡았습니다."

"저요? 김 프로님은 제가 아니라 이쪽이신데요."

"알죠. 광고 건이 아니라 곡을 좀 받아보고 싶어서요. 오늘 쇼케이스 때 서승원 씨가 부를 곡을 들어봤거든요. 리허설이라 완벽하지 않았는데도 진짜 좋더라고요. 그래서 누구 곡인지 알아보던 중이었습니다. 그런데 방금 서승원 씨가 얘기해 주시더라고요."

"어……."

"편하신 시간에 맞춰서 저희가 찾아뵙겠습니다. 꼭 연락 주세요. 기다리겠습니다."

매니저의 인사를 받은 경용과 한겸은 천천히 걸음을 옮겼다.

"경용 씨! 그쪽 아니고 이쪽!"

"아, 지금 제가 제정신이 아니라서."

한겸은 조금 전 받은 명함을 꼭 쥐고 있는 경용을 보며 미소 지었다.

"축하해요. 그런데 그게 그렇게 놀랄 일이에요?"

"그럼요. 처음이거든요. 제가 곡 좀 받아달라고 보냈던 적은 많은데 누가 먼저 곡 달라고 한 적은 처음이에요."

"저도 달라고 했었잖아요."

"아! 광고음악 말고요. 기분이 진짜 이상해요. 제가 뭐라도 된 거 같은 기분이네요."

"뭐라도 된 것 같은 기분이 아니고, 이제는 정말 1위 곡을 작곡한 사람이잖아요. '사랑을 나눠요'에 이어 'Anything is possible'까지 1위 하면 대단한 사람이죠. '천가길의 멤버였던 엄경용, 작곡가로 변신 대성공' 이런 기사 나올 거 같은데요?"

경용은 멋쩍어하면서도 기분이 좋은지 표정을 숨기지 못했다.

"김 프로님, 진짜 고마워요."

* * *

쇼케이스가 시작되자 흩어졌던 기획 팀원들이 부르지도 않았는데 하나둘씩 다시 모이기 시작했다. 한겸과 팀원들은 조용히 행사를 지켜봤다. 언팩 행사에서 이미 제품 설명을 했을 텐데 또 제품에 대한 설명이 시작되었다.

"겸쓰, 쇼케이스는 이렇게 하라는 법이라도 있냐? 어디든 죄다 똑같아. 젊은 사람 불러놓고 지루하게 이게 뭐야. 이미 다 언팩 행사에서 공개해 놓고 뭐 하러 또 설명한대."

한겸도 동의한다는 듯 고개를 끄덕거렸다. 약간 지루하다고 느껴질 정도였다. 잠시 뒤 소개하는 순서가 끝나자 사회자가 분위기를 달구기 위해서인지 관객들을 향해 농담을 건넸다. 그리고 분위기가 조금 달궈지자 다음 순서를 소개했다.

"Everywhere! DIO80을 지금부터 소개합니다. 첫 번째 순서로는 퍼펙트 화이트!"

그와 동시에 무대 뒤 커다란 스크린에서 한겸이 제작한 광고가 나오기 시작했다. 한겸은 스크린을 물끄러미 쳐다봤다. 대형 스크린이라서 그런지 웅장한 느낌까지 들었다. 스키를 타고 내려오는 장면이 끝나고 서승원이 렌즈에 쌓인 눈을 걷어내는 장면이 나왔다.

이 장면 속 서승원은 몇 번을 봐도 매력적이었다. 한겸은 만족한 표정으로 고개를 끄덕였다. 그때, 옆에 있던 범찬이 옆구리를 쿡쿡 찔렀다.

"겸쓰! 장난 아님! 사람들 표정 봐!"

한겸은 고개를 돌려서 사람들의 표정을 살폈고, 이내 피식 웃어버렸다. 멋지다거나 한눈에 반했다는 표정은 아니었다. '서승원에게 저런 면이 있었어?'라며 신기해하는 표정들이 대부분이었다.

첫 공개에 이 정도만 하더라도 선방이었다. 이제 노래 및 방송에서 서승원이 공개될수록 모든 것들이 시너지효과를 일으킬 것이었다.

그때, 이동식 무대 장치가 무대 가운데로 움직였다. 그 무대 위에서 밴드가 준비하고 있는 상태였고, 가운데에는 하얀색 옷을 입은 서승원이 고개를 숙인 채 노래 부를 준비를 하고 있었다.

"승원이 형 떨고 있나? 고개는 왜 숙이고 있대."

"긴장 안 하고 있던데?"

"네가 어떻게 알아?"

"아까 대기실로 찾아가서 만났어. 메이플하고 잘 놀고 있더라."

"어? 야이! 겸쓰, 넌 진짜! 나도 데리고 가야지! 아, 붙어 있을걸!"

"쉿!"

범찬이 억울해하는 사이 행사장 스피커에서 노래가 들리기 시작했다. 그러자 서승원이 고개를 들었다. 긴장을 안 하는 건지, 연기를 하는지 모르겠지만 관객들과 눈을 마주치는 모습이 꽤 자연스러웠다. 그러고는 서승원의 노래가 시작되었다. 한겸은 웃으며 서승원이 아닌 관객들을 살폈다.

오늘 밤 '나 혼자 삽니다' 방송에서 첫 공개를 하고, 음원 사이트에는 다음 날 12시에 공개될 예정이었으니, 그에 앞서 여기 있는 사람들에게 첫선을 보이는 것이었다. 그럼에도 한겸은 무척 만족스러웠다. 노래에 맞춰 스크린에서 광고 영상이 나오고 있었다. 그래서인지 사람들은 스크린과 서승원을 계속해서 번갈아 쳐다보는 중이었다.

"서승원 노래 왜 저렇게 잘해? 와, 대박이네."

"노래 이거 괜찮다. 이 노래 제목이 뭐래?"

"'Anything is Possible'이라는데?"

* * *

기획 팀 사무실에 자리한 한겸은 주변을 둘러보며 어이없는 웃음을 뱉었다. 방송은 늦은 밤에 시작되는데 벌써부터 기획 팀 사무실에 온갖 사람들이 모인 상태였다. 박재진은 용진과 함께 강유까지 데리고 왔고, 서승원과 경용까지 함께했다. 기획 팀원들에게 퇴근해도 된다고 말했음에도, 연예인이 온다는 소식에 밤늦은 시간까지 모두가 자리를 지켰다. 그러다 보니 사무실이 좁아 책상까지 밀어내 자리를 만든 상태였다.

가운데 테이블은 각자가 사 온 음식들과 배달 음식으로 가득 차 있었다. 그러다 보니 술이 빠질 수가 없었다. 방송을 같이 보려고 온 건지, 술을 마시고 싶어서 온 건지, 모두가 신난 상태였다. 그때, 서승원이 한겸에게 잔을 내밀었다.

"김 프로님도 한잔하세요."

"그래, 한겸이 너도 한잔해라. 왜 그렇게 멍 때리고 있어. 이 형님이 한 잔 줄까?"

박재진까지 가세하며 술을 권했다. 한겸은 일단 술잔을 받은 뒤 마시진 않고 그대로 내려놓았다. 그러자 박재진이 고개를 갸웃거렸다.

"술 잘 먹으면서 왜 빼대? 컨디션이 별로야?"

"그건 아니고요. 전 이따 방송 다 보고 마시려고요. 방송을 제대로 보고 싶어서요."

"아……."

한겸의 말 한마디에 분위기가 가라앉았다. 기획 팀원들은 들고 있던 술잔을 슬그머니 내려놓으며 한겸의 눈치를 봤다. 한겸은 이런 분위기를 의도한 것이 아니었기에 어색하게 웃으며 말했다.

"전 괜찮으니까 술 드시면서 보세요. 업무 시간 아닌데 괜찮아요."

말 한마디에 쉽게 풀릴 분위기가 아니었다. 한겸은 고개를 돌려 범찬을 보며 도와달라는 눈빛을 보냈다. 그러자 범찬이 그런 말을 뭐 하러 했냐는 듯 코를 찡그리더니 입을 열었다.

"넌 그럼 사이다라도 마셔. 우리 프로님들, 그리고 형님들! 오늘 방송의 성공을 기원하며 한잔하시죠!"

한겸도 어쩔 수 없이 사이다가 든 잔을 들어 올렸다. 그래도 범찬 덕분에 다행히 분위기는 다시 돌아왔다. 잠시 뒤 방송이 시작되었고, TV에 서승원이 나오기 시작했다. 실내 스튜디오에서 진행자들과 인사를 나눈 뒤 서승원의 영상이 나오기 시작했다.

가장 처음 나온 건 집에서 누워 있는 장면이었다. 어느새 술자리에서 물러나 한겸의 옆으로 온 종훈이 의아한 표정으로 물었다.

"광고부터 시작이 아니네?"

"그러게요. 요리하는 장면부터 나오는 게 더 그림이 괜찮았나 본데요?"

실제 순서는 광고, 요리, 녹음 순서였지만 방송에서는 요리부터 시작되었다. 진행자들은 서승원을 보며 또 누워 있는 걸 보는 게 아니냐며 장난스럽게 말했다.

그 순간 서승원이 휴대폰으로 시간을 확인하더니 어디론가 전화를 걸었다.

—야, 언제 올 거야. 같이 온다고? 뭐? 그냥 시켜 먹자니까. 알았어.

진행자들은 친구들이 온다는 소식을 어느 때보다 반가워했다. 그리고 잠시 뒤, 화면에서 벨이 울리는 소리가 들렸다. 그리고 익숙한 얼굴이 보였다.

"최 프로님이다!"
"와, TV에서 보니까 느낌이 이상하다."
"어떻게 사인이라도 한 장씩 해드릴까요? 크하하!"

한겸은 피식 웃고는 마저 화면을 봤다. 곧이어 범찬의 뒤에서 박재진이 등장했는데, 슬로모션까지 걸어가며 박재진의 얼굴을 잡아주고 있었다.

"와, 겁나 치사하네. 난 그냥 등장이고 재진 형님만 슬로우고!"
"범찬아, 내가 급이 좀 있잖아. 뭐 당연한 거 아니겠어?"

스튜디오로 전환되며 놀란 진행자들의 표정이 나왔다. 그러고는 하나같이 서승원을 쳐다보며 물었다.

—박재진 씨 맞죠? '이별, 만남, 또다시 이별'의 박재진 씨?

—네, 맞아요.

—분마 박재진 씨? 그런데 승원 씨가 박재진 씨랑 친했어요?

—조금 친하죠.

—왜요?

—왜요라니요……?

—아니, 두 분이 접점이 없어 보이는데.

진행자들은 박재진의 등장을 놀라워했다. 그러자 승원이 셋이 친해진 이유에 대한 설명을 했다. 박재진은 예전부터 뮤지컬을 좋아했고, 서승원은 박재진의 노래를 좋아하는 사이였다고 밝혔다.

하지만 친해진 지는 그렇게 오래되지 않았다고 했다. 그리고 박재진이 친한 동생이라며 소개해 준 사람이 범찬이었다는 전개였다.

조용히 술을 마시던 강유는 박재진을 쳐다보며 피식 웃었다.

"사기꾼이 따로 없어."

"내가 짠 거 아니야. 저거 김 프로가 짠 거야. 아니, 한겸이가."

"그래? 뭐, 따지고 보면 거짓말은 아니지. 서로 이야기가 맞았다는 걸 어떻게 밝힐 순 없잖아. 최근에 친해진 것도 맞고. 교묘하게 필요한 부분만 노출시켰네. 역시 대단해."

"내가 하면 사기꾼이고 한겸이가 하면 대단한 거냐?"

이래야 범찬을 광고 회사 직원으로 자연스럽게 노출시킬 수 있을 것 같았다. 한겸은 웃으며 방송을 마저 봤다.

—뭘 이렇게 많이 사 왔어!

—재진 형님이 형이 해주는 우거지갈비탕 드시고 싶다고 그러시잖아요.

—아… 그걸 언제 하고 있냐. 간단한 거나 좀 먹지. 일단 들어와.

승원은 귀찮다는 표정으로 재료를 받아 들더니 부엌으로 갔다.

—갈비 피 빼고 육수 내려면 한 시간은 걸리는데, 형 스케줄 괜찮아요?

—어, 내일 일찍 있긴 한데 오늘은 괜찮아. 배고파. 빨리 해줘.

—알았어요. 육수 끓이는 동안 간단한 거나 해줄게요. 뭐 우거지 잔뜩 사 왔으니까 우거지전이랑 잡채 괜찮아요?

—아무거나 줘.

화면 속 서승원은 서둘러 요리를 하기 시작했다. 한겸은 이미 한 차례 본 적이 있었지만 요리하는 모습을 클로즈업해서 부각시키자 훨씬 더 잘하는 것처럼 보였다.

"와, 서승원 씨 칼질 솜씨가 장난 아니네."

"손이 안 보여. 잘한다고는 들었는데 저 정도일 줄은 몰랐네."

"하하, 민망하게 왜들 그러세요. 파 써는 거는 다들 저 정도 하시면서. 그리고 편집도 들어가고 해서 그래요."

승원이 민망해하며 별거 아니라고 했지만, 누가 봐도 요리사 뺨치는 실력이었다. 한겸은 자신이 원하는 대로 담긴 모습을 보며 무척 만족했다.

승원에 대해 알고 있는 사람들도 놀랄 정도인데 시청자들은 그보다 더할 것이었다.

지금 이 화면만으로도 충분했기에 한겸은 웃으며 화면을 봤다. 서승원이 요리를 하는 동안 범찬과 박재진은 식탁에 앉아 TV를 보고 있었다. 그때, 범찬이 TV에 나오는 가수의 노래를 따라 부르기 시작했고, 박재진이 피식 웃었다.

—야, 후 성대모사는 그렇게 하는 게 아니지. 날 봐. 일단 시작은 시크하게 표정을 잡고 이렇게 해야지. '아무것도 안 하고'……

—뭐예요. 완전 안 똑같은데. 형님은 승원이 형이 하는 거 못 봤어요? 완전 똑같은데.

—무슨 소리야! 내가 누구보다 잘하지.

서승원은 칼을 쥔 채 몸을 돌리더니 박재진이 흉내 냈던 가수의 흉내를 따라 했다. 그러고는 노래까지 불렀는데, 완벽하진 않더라도 비슷하게 들렸다.

—난 인정 못 해. 그럼 제이 성대모사 할 줄 알아?
—들리니, 네게 들려주고 싶던…….
—뭐야. 왜 잘해?

승원은 그 뒤로도 연예인 몇 명의 성대모사를 했다. 그러자 범찬이 마구 웃으면서 박재진에게 패배를 인정하라고 말했다.

그러자 박재진이 인상을 찡그리더니, 이내 갑자기 의미심장하게 웃었다. 그러고는 기대하라는 말을 하는 것과 동시에 중간광고가 나왔다.

사무실에 있던 사람들이 궁금했는지 박재진을 보며 물었다.

"어떤 거 하셨어요?"
"금방 나와요, 크크."
"기가 막히게 잘라놨네. 궁금하다! 그나저나 승원 씨도 성대모사 엄청 잘하시네요."

한겸도 박재진이 어떤 성대모사를 했는지 듣지 못했지만, 누구보다 잘할 수 있는 건 한 가지밖에 없다고 생각하며 헛웃음을 뱉었다.

과할 수도 있지만 도움은 될 것이었다. 아니나 다를까, 방송이 이어지자 박재진의 성대모사는 한겸이 예상한 대로였다.

—내 그대들의 한을 풀기 위해서라면 악인으로 살아가리다.

—…….

—안 똑같아? 분마 성대모사야.

—사람이 어쩜 저렇게 뻔뻔하지.

—왜! 똑같잖아. 판정해라! 내가 이겼지?

분마 성대모사를 할 줄 몰랐던 사람들은 동시에 어이없다는 표정으로 박재진을 쳐다봤다. 그러자 박재진은 익살스러운 표정을 짓더니 말했다.

"콘셉트죠, 콘셉트. 다들 난 줄 알고 있는데 아니라고 하고 있으니까 다 이해할 거예요. 재미있지 않았어요? 방 프로, 이상했어요?"

"재미는 있는데! 그러다가 승원 씨가 묻히면 큰일이죠!"

"에이, 설마요."

"보나 마나 지금도 분마 성대모사 검색하고 난리도 아닐 거 같은데요. 최범찬 네가 같이 있었으면 알아서 말리고 했어야지!"

범찬과 박재진은 거기까지 생각 못 했는지 둘 다 당황한 표정으로 한겸을 봤다.

대화를 듣던 한겸은 수정에게 진정하라는 듯 손을 밑으로 흔들며 말했다.

"사람들 관심 더 모을 수 있으니까 괜찮을 거 같아."

"그림이 이상해지는 거 아니야?"

"이거 잠깐 나오고 뒤에는 서승원 씨만 나오니까 괜찮아. 그래서 제작진이 요리하는 장면을 앞에다 넣었나 보네. 아무튼 재진 형님 성대모사로 시청자들 관심 끌고 갈 수 있을 거 같아. 영상 클립도 많이 나올 거고."

"그런 거야?"

박재진은 여전히 미안해하는 표정이었지만 안심은 됐는지 안도의 한숨을 뱉었다.

"와… 좀 재밌게 해보려고 방송에서 분마 성대모사 처음 해본 건데 큰일 날 뻔했네. 승원아, 내가 일부러 그런 거 아니야, 알지?"

"그럼요. 저야 도와주신 것만으로도 감사하죠. 그리고 무엇보다 김 프로님도 괜찮다고 하시잖아요."

실수를 인정하지 않는 사람도 많은데 박재진은 자신의 실수를 인정하고 그 자리에서 사과까지 했다. 그래서 한겸이 박재진과 오랫동안 일을 하고 있는 것이기도 했다. 다만 대화 때문에 중간 장면을 제대로 보지 못한 것이 아쉬웠다. 대화를 나누는 사이, 화면에는 완성된 음식이 나오고 있었다.

"저거 보니까 또 먹고 싶네. 승원 형님! 다음에 또 놀러 가도 됩니까!"

"하하, 언제든지 와. 다음에는 다 같이 와요."

"진짜 맛있어요. 할머니 손맛이 느껴지는 우거지갈비탕!"

범찬의 말처럼 정말 먹음직스럽게 보였다. 우거지갈비탕과 곁들인 잡채나 우거지전 같은 반찬들도 직접 만든 것들이었다.

세 사람은 약간 게걸스럽다고 느낄 정도로 허겁지겁 식사를 해치웠다.

—겁나 맛있어! 형 나한테 시집올래요?

—범찬이 넌 가만 보면 미친 거 같아.

—크크, 그런 소리 자주 듣죠.

그러는 동시에 화면이 바뀌었다. 그러자 범찬이 아쉽다는 표정으로 입을 열었다.

"겸쓰 얘기한 거는 다 편집이네."

"내 얘기를 뭐 하러 해."

"할 얘기가 너밖에 더 있어? 거기 작가들도 막 재밌어했는데 다 잘렸네."

"그게 그렇게 아쉬워? 뭘 그렇게 아쉬워해."

"그 부분이 내가 제일 말 많이 한 부분이니까! 지금은 계속 웃는 모습만 나오고 그러잖아! 내가 방청객이야, 뭐야!"

한겸은 못 말린다는 듯 고개를 젓는 한편 다행이라고 생각했다. 자신에 대한 얘기라고 해봤자 범찬이 있는 이상 웃긴 얘기들이나 일만 한다는 그런 얘기들이었을 것이다.

잠시 뒤, 범찬과 재진의 등장이 거의 마무리되어 가고 있다는 것이 느껴졌다. 전에 전해 들었듯이 이제는 봉사활동에 관한 얘기가 나오는 중이었다.

그때, 휴대폰을 보던 수정이 갑자기 한겸에게 다가오더니 휴대폰을 내밀었다.

"벌써 짤 돈다."

"여기 어딘데?"

"여기 승원 씨 팬카페인데 저 짤은 다른 곳에서 퍼 온 거 같아. 승원 씨에 관련된 거면 여기로 모일 거 같아서 보고 있었는데 기가 막힐 정도로 빠르게 올라왔어. 요리

하는 거랑 성대모사 하는 거, 그리고 분마 성대모사 하는 것도."

한겸은 만족스러운 듯 웃으며 휴대폰을 쳐다봤다.

『눈으로 보는 광고 천재』 10권에 계속…